THE OMNIPOTENT
BRACELET

전능의 팔찌 2부 3

김현석 현대 판타지 장편소설

초판 1쇄 찍은 날 § 2023년 12월 22일
초판 1쇄 펴낸 날 § 2023년 12월 29일

지은이 § 김현석
펴낸이 § 서경석

총괄팀장 § 황창선
편집책임 § 양준
디자인 § 스튜디오 이너스

펴낸곳 § 도서출판·청어람
등록번호 § 제387-1999-000006호
등록일자 § 1999. 5. 31
어람번호 § 제1-3221호

본사 § 경기도 부천시 부일로 483번길 40 서경B/D 3F (우) 14640
편집부 § 서울특별시 구로구 디지털로 272 한신IT타워 404호 (우) 08389
전화 § 02-6956-0531 팩스 § 02-6956-0532
http://www.chungeoram.com
E-mail § chungeorambook@daum.net

ISBN 979-11-04-92503-0 04810
ISBN 979-11-04-92499-6 (세트)

전능의 팔찌

2부

THE OMNIPOTENT BRACELET

김현석 현대 판타지 소설

3

전능의 팔찌 2부

THE OMNIPOTENT
BRACELET

목차

3권

Chapter 01

—

여자들은 참 거시기해!

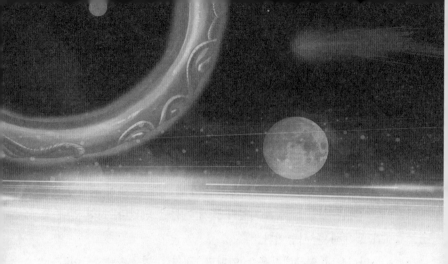

　안정희는 무남독녀이다. 어려서부터 부모가 관심을 갖는 것
은 당연하다. 그 덕에 좋은 집에서, 편안한 잠자리와 맛있는
음식, 그리고 비싼 옷과 원하던 차를 즐길 수 있었다.

　학창시절 내내 비싼 과외를 했고, 그 결과 일류대학에 들어
가게 되자 그때부터 난리가 벌어졌다.

　'엄마 친구 아들' 들과 만나 보라는 성화를 부렸던 것이다.

　좋은 집으로 시집을 가야 평생 고생하지 않고 산다면서 대
학 1학년 때부터 소개팅 비슷한 선을 보러 다녔다.

　한 살이라도 어려야 비싸게 팔린다는 게 이유였다. 처음엔
싫었지만 남자들이 사주는 비싼 음식과 선물은 좋았다,

아무튼 집안, 학벌, 재력, 인물을 모두 갖춘 사내가 어딘가에 있을 테니 열심히 몸매를 가꾸고, 교양을 쌓으라는 강요도 받았다. 아울러 평범한 집 남자들은 아무리 훈남이라도 눈길조차 주지 말라며 엄중히 경고했다.

이러는 과정에서 저도 모르게 된장녀 성향을 갖게 되었다.

어제는 제법 큰 중소기업의 둘째 아들을 만났다. 친척 언니가 소개해 준 사람이다.

만나보니 일류대학을 졸업했고, 경영 수업을 받는 중이라 하였다. 작은 아버지들이 판사와 검사라고 하니 집안과 학벌, 그리고 재력은 만족시킨 셈이다.

그런데 자신보다 열 살이나 많다. 게다가 대머리 때문에 더 늙어 보였다. 아쉽게도 인물이 수준 이하였다.

그럼에도 말은 번지르르하게 잘도 했다. 그간의 경험상 능글맞은 바람둥이가 분명했다.

본능적으로 경계심을 갖고 있었는데 자꾸 치근대며 멀리 드라이브를 가자고 했다.

강릉 바닷가에 가서 회를 먹으면서 술이나 한잔하자고 하자 발딱 일어나 뒤도 안 돌아보고 나와 버렸다.

자신을 하룻밤 상대로 여김을 눈치 챈 것이다.

짜증나서 소개해줬던 친척 언니에게 싫은 소리를 했다. 그리고 자려는데 세정이가 전화를 했다.

젊고, 키 크고, 훈남이며, 의사인 남자를 소개해 준다는 것이다. 집안은 볼 것도 없다 하여 곱게 화장까지 하고 왔다.

집안, 학력, 재력, 인물까지 모두 합격이라니 그간 갈고 닦은 남자 후리는 솜씨를 보여주리라 마음먹은 것이다.

그런데 자신을 소개시켜 주려는 게 아니라 본인이 어찌해 보려던 것 같다. 망신살을 샀음에도 아무렇지도 않은 척하면서 자신에게 들이대 보라고 부추긴다. 참 뻔뻔하다.

"야, 안정희! 너, 밀져야 본전이라는 말 몰라? 걍, 한번 들이대 봐. 되면 좋은 거 아냐?"

"근데 웨이터잖아."

의사라고 하니 학벌과 재력은 충족된 듯싶다. 인물은 무조건 합격이다. 문제는 배경이다. 이런 곳에서 웨이터를 하고 있다면 일단 집안이 변변치 못할 확률이 매우 높다.

하여 망설이는 표정을 지었다.

"야! 말 못 할 뭔 사정이 있나 보지. 의사가 설마 평생 웨이터나 하면서 살겠어?"

"그, 그래볼까?"

안정희는 이런 저런 조건을 떠나 현수의 서글서글한 눈매와 다정한 음성, 그리고 부드러운 미소가 좋았다.

누군가 인터넷에 올려놓은 게시물이 있다.

제목은 '경운기로 여자 꼬시는 법'이다. 이를 클릭하고 들어가 보면 경운기 옆에 '원빈'이 서 있는 사진이 있다.

아래의 댓글은 다음과 같다.

— 하하, 이건 인정! 무조건 인정!

— 헐! 인정 안 할 수가 없네.

— 원빈 형님이라면 리어카로도 가능할 듯

정희도 이 게시물을 보았다. 그러곤 댓글을 보며 킬킬거리다가 아래와 같은 댓글을 달았다.

— 패션의 완성은 확실히 얼굴! 실패 가능성 전혀 없음.

'나 정도면 괜찮지 않을까?'

안정희는 거울을 볼 때마다 스스로 빠지지 않는 미모라 생각한다. 객관적으로도 상당히 예쁘다. 그렇기에 늘 사내들의 구애를 거절하면 했지 당한 적은 없다.

"뭐해? 가서 슬쩍 말이라도 걸어봐. 너, 그거 알지? 기회라는 놈은 앞통수에만 머리카락이 있다는 거."

뒤통수에는 머리카락이 없으니 올 때 잡지 못하면 끝이라는 이야기이다.

"으씨! 알았어. 한번 해보지 뭐."

안정희가 용기 내어 현수에게 다가갈 때 테이블 위의 휴대폰이 부르르 떤다. 슬쩍 보니 액정에 '엄마'라고 떠 있다.

세정은 얼른 전화를 받았다. 그러곤 나직하게 속삭였다.

"어머니! 저, 세정인데요. 지금 정희가 미친 거 같아요. 샐러드바에 왔는데 웨이터가 마음에 든다고 따라갔어요."

"뭐어? 뭐라고? 웨, 웨, 웨이터…? 우, 우리 정희가…?"

정희의 모친이 대단히 놀란 듯 말까지 더듬는다.

"네! 어머니, 얼른 오셔서 좀 말리셔야 할 거 같아요. 아무리 말려도 제 말은 안 들어요."

세정은 나직이 속삭였다. 사극에 나오는 악역 여배우들의 연기를 눈여겨 본 모양이다.

"거, 거기가 어디니? 내, 내가 금방 갈게."

정희의 모친은 정신까지 혼미해지는지 심하게 더듬는다.

"여긴 성신여대 근처에 있는 히야신스라는 곳이에요."

"히, 히야신스? 알았어, 꼭 붙들고 있어. 알았지?"

"네! 오셔서 전화주시면 제가 나갈게요. 제 번호는요…"

세정은 자신의 번호를 불러주며 정희에게 시선을 주었다.

현수에게 다가가긴 했는데 차마 말을 걸 수 없었는지 화장실 쪽으로 방향을 튼다.

세정의 입가가 묘하게 비틀린다.

'경쟁자 하나 아웃! 내일은 은희, 고것을 불러야지. 호호!'

정희는 예쁘고, 몸매 좋으며, 똑똑하다. 부자는 아니지만 재정적으로 어렵지 않으며, 멀지 않은 곳에 집이 있다.

소문 듣고 본인이 없을 때 왔다가 현수와 눈이라도 맞으면 안 되겠다 싶어 일부러 불러냈던 것이다.

내일은 또 다른 경쟁자가 될 수 있는 친구 은희를 불러낼 예정이다. 정희와 비슷한 상황이니 엄마에게 이르면 상황 끝이다. 그럼 또 하나가 아웃이다.

이런 걸 보면 여자들은 참 거시기하다.

이쯤 되면 생각나는 구절이 있다.

한시외전에 있는 수욕정이풍부지(樹欲靜而風不止)라는 구절이다. '나무는 고요히 있고자 하지만 바람이 멎지 않아 뜻대로 되지 않는다' 는 뜻이다.

현수는 고고하게 있고자 하나 뭇 여인들 때문에 그러지 못하게 될 것 같다.

                    *   *   *

2016년 3월 30일 수요일 오전 8시 25분.

천지빌딩 로비로 들어선 현수가 곧장 엘리베이터 홀로 가자 귀퉁이에 서 있던 경비원이 다가선다.

의례히 목에 걸고 있어야 할 사원증이 없어서이다.

"어서 오십시오, 어떻게 오셨는지요?"

현수는 감색 양복에 흰 와이셔츠, 그리고 붉은 계통 타이를 맸다. 깔끔한 모습 때문인지 경비원의 응대는 정중했다.

"개발사업부 김지윤 대리를 만나러 왔습니다."

말을 하며 품속의 여권을 꺼내서 건넸다. 한국 여권과 표지

색상은 같지만 나머지는 모두 다르다.

"어? 이건…! 남아공 분이셨군요."

전형적인 한국인이라 생각했는데 외국, 그것도 남아프리카 공화국 여권을 보곤 약간 놀란 표정이다.

전혀 예상치 못했던 모양이다. 그럴 만도 하다.

"개발사업부가 9층에 있다고 들었는데 맞지요?"

"네? 네에. 9층 맞습니다. 그런데 외부인은 방문자 패용증이 있으셔야 출입 가능합니다. 잠시 따라와 주시겠습니까?"

"그러죠!"

경비원을 따라 안내데스크로 가자 방문자 기록부와 볼펜을 건넨다.

"번거롭더라도 이걸 기록해 주셔야 합니다."

"그럽시다."

현수는 흔쾌히 빈칸을 채워 넣었다.

날짜와 시간, 이름, 여권번호를 기입했고, 만날 사람은 김지윤 대리, 용무는 면담이라고 썼다.

곁에 있던 경비원은 사원증과 비슷하지만 색상만 다른 방문자용 패찰을 건넨다.

"이따가 가실 때 꼭 돌려주십시오."

"그러지요."

이번에도 흔쾌히 고개를 끄덕이곤 엘리베이터홀로 향했다.

위에서 내려오는 걸 기다리고 있는데 통화를 하며 다가서는 늘씬한 여인이 있었다. 시선이 저절로 가는 몸매였다.

들어갈 곳은 들어갔고, 나와야 할 곳은 확실히 나와 있다.

"네, 지금 올라가요. 아직 안 왔어요. 연락해봤는데 전화는 안 받고요. 아뇨! 못 뵈었어요. 네! 일단 올라가겠습니다."

들고 있던 휴대폰을 주머니에 넣고 인디케이터의 층수를 확인하는 여인을 본 순간 현수는 멍한 표정을 지었다.

신형섭 사장이 총애하는 비서실 조인경 대리였다.

2,900년 만의 만남인데 여전히 어여쁘다. 마치 연예인 한가인의 리즈 시절 모습과 같다.

업무지원팀에 근무하던 강연희 대리가 퇴사를 했으니 명실상부하게 천지그룹 최고 미녀라 불릴 것이다.

핑크색 블라우스 때문인지 아주 생동감 있어 보인다.

천지건설이라는 안정된 직장에 재직 중이고, 누구에게나 실력을 인정받으며, 성취감 있는 업무를 맡고 있으니 그럴 것이다.

땡─! 스르르르─!

엘리베이터가 멈추자 안에 있던 사람들이 나온다. 외국인 2명이다. 올라타려던 현수는 순간 멈칫했다.

'어라? 어디서 봤는데…. 누구더라? 아! 맞아.'

눈에 익은 인물은 아제르바이잔 경제개발부 차관인 니야지 사파로프(Niyazi Safarobv)이다.

현수가 샤빈 무스타파예프 장관과 신도시 건설 등에 관한 의견을 주고받을 때 늘 동석했던 고위 관료이다.

곁의 청년은 그를 수행하는 비서관인 듯싶다.

"반갑습니다."

현수가 아제르바이잔어로 인사를 하자 반색한다.

"아! 통역이신가요?"

"네?"

"통역이냐고 물었습니다. 아무튼 잘되었습니다. 가죠."

차관과 비서는 내렸던 엘리베이터에 다시 탔다. 승객은 조인경 대리를 비롯한 넷뿐이다.

"34층 부탁해요."

차관은 약간 어눌한 영어 발음으로 요청을 했다.

"네에."

버튼을 누르자 엘리베이터가 치솟는다. 그러는 사이에 차관과 비서는 통역이 와서 다행이라는 말을 주고받았다.

현수는 9층을 누르려다 멈췄다. 조금 이르게 왔으니 예전에 사용하던 34층을 둘러볼 생각을 한 것이다.

엘리베이터는 중간에 멈추지 않고 곧장 34층에 당도했다.

"이쪽입니다. 차관님!"

조인경 대리가 유창한 영어로 안내를 했다. 현수는 얼떨결에 조 대리의 뒤를 따라갔다.

잠시 후 신형섭 사장을 만날 수 있었다. 그런데 다소 피곤한 듯 안색이 좋지 못하였다.

"아! 어서 오십시오."

"네? 아, 네에."

"통역 잘 부탁드립니다."

신 사장은 여전히 매너가 있다. 새파랗게 젊어 보일 텐데 정중히 맞이하고, 말도 놓지 않는다.

이때 니야지 사파로프 차관이 현수의 어깨를 툭 친다.

"이보시오, 통역!"

"네?"

"말이 안 통해서 몹시 답답했는데 우리말을 유창하게 하는 통역을 만나서 반갑소이다."

"아, 네에."

"자, 그럼 내 말을 전해주시오."

"네! 말씀하세요."

차관은 크게 고개를 끄덕이곤 말을 이었다.

"우리 정부는 신도시 개발에 천지건설이 참여해주길 원합니다. 다만 아국의 상황이 여의치 못하니 차관 제공에 협조해주셨으면 합니다. 그렇게 해주면 2~3단계 설계 및 토목공사부터 시작하여 4단계 시공까지 모두 천지건설이 턴키베이스로 수주할 수 있다고 전해주시오."

"네! 알겠습니다."

크게 고개를 끄덕인 현수가 신 사장에게 시선을 돌렸다.

"사장님, 이분은 아제르바이잔 경제개발부 차관이신데 다바치주와 하츠마스주에 걸친 샤브란 평원 일대에 7,200만㎡(분당신도시 3.6배)규모의 신행정도시 건설사업을 추진 중이랍니다. 이 공사는……."

현수는 차관의 말보다 훨씬 자세히 설명했다. 이윽고 신 사장이 고개를 끄덕이자 기다렸다는 듯 차관이 말을 잇는다.

"총비용은 600억 달러 정도로 추산하는데 그중 120억 달러를 차관으로 제공해줄 수 있느냐고 물어봐주시오."

고개를 끄덕인 현수가 신 사장과 시선을 맞춘다.

"사장님, 600억 달러로 추산하는데 총공사비의 20%인 120억 달러를 차관으로 제공하길 바란답니다."

"흐으음!"

신 사장은 낮은 침음을 냈다.

＊　　　　　＊　　　　　＊

120억 달러면 14조 5,440억 원에 해당된다.

회사의 자금이 풍부할 때에도 신중히 생각해 볼 문제이다. 그런데 현재는 직원들 급여도 지급하지 못한 상태이다.

먹음직한 먹이이기는 하지만 천지건설이 핸들링할 규모를

넘어선 공사이다. 하여 완곡히 거절해달라는 말을 하려 할 때 차관이 부연 설명을 한다.

"한국에 와서 여러 신도시들을 둘러보았는데 천지건설에서 시공한 단지가 가장 잘 지어진 것 같아서 찾아왔다고 전해주시오."

현수가 천지건설에 재직하고 있었다면 신행정도시 개발 건은 지난 2014년 4월 4일에 들었을 이야기이다.

그럼에도 여전히 미착공 상태라면 해외 대형건설사들 모두가 거절했다는 뜻이다.

'이상하네. 별문제 없이 끝난 공사였는데 이게 왜 아직도 시작조차 못 하고 있는 거지?'

현수가 잠시 머뭇거리자 차관이 독촉한다.

"통역을 부탁하오."

"아! 네에, 잠시만요. 사장님 차관께서…"

방금 들었던 말을 그대로 전달하자 신 사장이 쓴웃음을 짓는다. 자금이 경색되어 공사를 하고 싶어도 할 수 없다는 표현을 해야 하는 때문이다.

이때 조인경 대리가 차를 내왔다. 하여 잠시 분위기가 흐트러졌다.

'도로시! 아제르바이잔에 무슨 문제 있어?'

'아뇨! 별일 없는데요.'

'작년부터 지금까지 주요 인사 교류는 뭐가 있었지?'

'작년 5월에 기획재정부 장관과 한국은행 총재가 아시아개발은행 총회 때 방문했고, 11월엔 해군참모총장이 저쪽 국방장관과 면담을 했어요. 올 8월엔 행정안전부 장관이 방문하여 저쪽 국무총리와 면담을 가질 예정이구요.'

'별일은 없다는 거지? 국가 재정상태는?'

'그것도 큰 문제없는데요.'

'근데 왜 이 공사가 아직도 착공이 안 된 거지?'

'차관 때문이에요. 처음엔 50%를 요구했었거든요.'

600억 달러짜리 공사 중 300억 달러를 차관으로 제공하라고 했으니 이루어지지 않은 것이다.

'120억 달러는 동원 가능하지?'

'에에? 오지랖 넓히시게요?'

도로시가 뚱한 반응을 보인다.

'천지그룹이 해외에 빼돌린 외화나 비자금으로 조성한 돈은 얼마지?'

'그룹 전체요?'

'계열사별로 알려줄 수 있으면 그러고.'

'계열사 해외 계좌를 다 뒤져보았는데 외화를 은닉해 놓은 건 없는 걸로 판단돼요. 건설은 비자금이 없는데 화학은 160억 원 정도를 조성해 놓았네요. 정유는 254억 정도가 있고, 물류는 120억 정도 있어요.'

'그거 다 회수했어?'

'아뇨! 천지그룹과 태백그룹, 그리고 백두그룹의 돈은 손 안 댔어요. 이들 셋은 비자금이 있어도 덩치에 비해 아주 작은 규모였고, 폐하와 특별한 관계라는 걸 알기 때문이죠.'

'잘했네, 알았어.'

도로시와 대화하는 사이에 찻잔을 비운 차관이 신 사장에게 시선을 준다. 그쪽 흉중(胸中)은 어떠냐는 뜻이다.

"제안은 고맙지만 우리 회사 사정이 좋은 상태가 아니라 받아들일 수 없어서 유감이라고 전해주세요."

고개를 끄덕인 현수가 차관을 보며 입을 연다.

"귀사의 제안에 감사드린답니다. 그리고 제안하신 조건을 충분히 검토할 시간을 달라고 하시네요."

차관이 반색하며 웃음 짓는다.

"아! 그런가요? 그럼 준비된 자료들을 드리지요. 검토해 보시고 좋은 답을 주셨으면 합니다. 지드코바! 곧바로 자료 챙겨서 가져오도록!"

지시를 받은 비서관이 고개를 크게 끄덕인다. 그의 표정 역시 상기되어 있다.

차관과 함께 다니는 동안 처연함을 느낄 때가 한두 번이 아니었다. 처음엔 융숭한 대접을 하지만 조건을 이야기하면 웃는 낯으로 망신을 줬다.

거지같은 나라에서, 거지같은 공사를 가져왔는데, 조건도 거지같다면서 이런 건 안 한다고 잘라 말하는 놈도 있었다.

한국에 와서도 그런 느낌을 두 번이나 받았다. 그런데 이번은 조금 다른 듯하다.

"네, 차관님! 지시대로 자료 챙기겠습니다."

지드코바 후세이노프 비서관이 고개를 끄덕일 때 신형섭 사장이 현수의 어깨를 툭 건드린다.

"저기, 이서운 씨!"

"네? 전 이서운이 아닌데요."

현수의 대답을 들은 신 사장은 몹시 놀란 표정이다.

"……? 그럼 누구십니까?"

일주일 전 아제르바이잔 대사관으로부터 자국 차관이 방문할 것인데 면담 가능하느냐는 전갈을 받은 바 있다.

무슨 건으로 오는 건지는 몰라도 좋은 인상을 줘야 할 듯싶어 아제르바이잔어에 능통한 통역사를 수배했다.

방금 전 언급된 '이서운'이 바로 그 사람이다.

오늘 오전 8시까지 오기로 했는데 당도하지 않았다.

교통체증 때문에 오도 가도 못 하는 상황에 처해 있었기 때문이다. 조인경 대리가 1층으로 내려온 건 이서운이 근처에서 헤매고 있는 건 아닌가 싶어 확인하려던 것이다.

예상보다 일찍 도착하여 접견실에서 기다리던 차관은 사장 비서실 직원으로부터 통역이 당도하지 않아 지체되는 것에 대한 양해의 말을 들었다.

이에 니야지 사파로프 차관은 잠시 차에 다녀오겠다 하고
는 엘리베이터를 탔다. 통역기를 가지러 가려 한 것이다. 비서
관을 시키지 않은 건 뻘쭘하게 혼자 있는 게 싫어서였다.

그러다 현수를 만났는데 대뜸 아제르바이잔어로 '반갑습니
다' 라고 말하였다.

그 즉시 '아! 우리를 위해 부른 통역사구나' 라는 생각에
얼른 되돌아왔던 것이다.

신 사장도 이서운이 어떻게 생겼는지 알지 못한다. 조인경
대리가 전담창구 역할을 한 까닭이다.

현수가 조 대리와 함께 왔기에 당연히 이서운인 줄 알고 있
었는데 아니라고 한다. 당연히 당황스럽다.

"저는 하인스 킴이라고 합니다. 남아공 사람인데 오늘 이
회사에 용무가 있어서 왔습니다."

말을 하며 방문자 출입증을 보여주었다.

"네? 근데 어떻게…?"

어떻게 차관 일행과 함께 왔고, 유창한 아제르바이잔어는
또 뭐냐는 표정이다.

"차관이 저를 보시고 통역으로 오해를 하셨던 모양입니다.
제가 아제르바이잔어로 인사를 했거든요."

"헐…!"

차관과는 분명히 처음 만났을 것이다.

그런데 얼굴만 보고 어느 나라 사람인지 알았고, 그 나라

말로 이야기했다는 걸 어찌 믿을 수 있겠는가!

그런데 지금 그게 중요한 것이 아니다.

"방금 전 통역을 해주셨는데 차관의 입에서 나오지 않은 말을 한 듯싶어요. 아닌가요?"

역시 신 사장이다. 아제르바이잔에 대해 아는 거라곤 어디 쯤 붙어 있는 나라인지 정도일 것이다. 그럼에도 대화의 뉘앙스만으로 뭔가 다르다는 걸 알아차린 것이다.

"제가 아제르바이잔에 대해 조금 압니다."

"그러시겠죠."

아제르바이잔어를 유창하게 하는데 그 나라에 대해 전혀 모른다면 그것도 이상한 일이다. 그렇기에 고개를 강하게 끄덕인다.

"차관(次官)이 말씀한 신도시 개발공사는 차관(借款, credit)만 제공되면 차질 없이 진행될 공사입니다. 그러니 방법을 강구해 보시길 권해 드립니다."

"그건…!"

현수는 오늘 처음 보는 사람이다. 그리고 작은 도움을 받기는 했지만 아무런 성과 없이 끝날 일이다.

"제가 차관께 검토할 시간을 달라고 했습니다. 정 안 되겠다 싶으면 그때 거절해도 되는 일 아닙니까? 그러니 이들이 가져온 자료를 찬찬히 살펴보십시오."

"……!"

"이번 건은 천지건설에 큰 도움이 될 공사입니다."

"알겠습니다. 감사합니다."

신 사장이 고개 숙여 예를 갖추니 현수 또한 고개를 숙여 예를 표했다. 한편 차관은 현수와 신 사장이 대화하는 모습을 지켜보았다. 한국어 대화라 어떤 상황인지 알 수는 없지만 분위기가 나쁘지 않다.

"미스터…!"

"아! 저는 하인스 킴이라 합니다. 한국인이 아니라 남아공 사람이지요."

"네에…?"

현수의 말에 차관은 놀란 모습이다. 영락없는 한국인인데 아프리카 사람이라고 하니 어찌 안 놀라겠는가!

"이건 제 명함입니다. 한국에 들어와서 작은 사업을 하고 있지요."

지갑에서 명함을 꺼내 건네주었다.

받아서 내용을 살피던 차관 또한 명함을 건넨다. 전문 통역 사가 아니라니 예를 갖춘 것이다.

"귀하께 큰 도움을 받았습니다. 아제르바이잔 경제개발부 차관인 니야지 사파로프라 합니다."

"네! 기사에서 사진으로 보아서 알고 있습니다."

"기사요?"

"2012년 12월에 수도 바쿠에서 열린 독일상공회의소 개관

식에 참석하서서 4억 5,000만 달러 이상을 투자받았다는 말씀을 하신 걸로 기억하고 있습니다."

"허어…! 그걸 기억하십니까? 실례지만 직업이 뭔지요?"

명함엔 'Y—Ent. CEO Heins Kim'이라 쓰여 있고, 아래엔 전화번호만 기록되어 있어 물어본 것이다.

"남아공에서의 직업은 의사(doctor)입니다. 한국에서는 연예기획사를 운영하고 있지요."

"네? 의사…요? 근데 연예기획사라니요?"

"하하! 사정이 있어서요."

지금 대화의 상대는 신 사장이라는 걸 일깨우는 말이다.

"아! 우리끼리 대화해서 미안합니다."

신 사장은 면전에서 명함을 주고받고 대화하는 두 사람을 의아한 눈빛으로 바라본다.

"우리끼리 대화해서 미안하다는 말씀입니다. 그리고 검토하는데 얼마나 시간을 드리면 되느냐고 물었습니다."

신 사장은 고개를 갸웃거린다.

차관의 말은 짧았는데 통역이 제법 길어서이다. 방금 한 말 두 가지 중 하나는 현수가 임의로 한 말일 것이다.

"얼마나 시간을 주실 수 있는지 물어봐 주세요."

"그러죠."

고개를 돌려 차관에게 통역을 하니 손가락 다섯 개를 펼쳐 보이며 말을 한다.

"네에? 겨우 5일이요?"

600억 달러짜리 공사를 검토하는데 어찌 닷새만에 결론을 낼 수 있겠는가! 하여 신 사장이 살짝 이맛살을 찌푸렸다.

이때 현수가 입을 연다.

"닷새가 아니라 5주면 되겠느냐고 하시네요."

"아! 5주요. 그렇다면 뭐…! 알겠다고, 신중히 검토해보겠다고 전해주세요."

"네! 그러지요"

통역을 마치자 차관이 자리에서 일어선다.

"당분간 대사관에 머물 것이니 용무가 있으면 그쪽으로 연락해 달라고 전해주시오."

"네! 알겠습니다."

차관과 비서관은 조 대리와 신 사장의 배웅을 받으며 로비로 내려갔다. 현수도 같이 나왔지만 양해를 구하고 9층에서 내려 개발사업부 사무실로 향했다.

노크를 하고 안으로 들어가 보니 한 무리의 직원들이 브로슈어를 펼쳐놓고 대화 중이다.

"김 대리! 기왕이면 이걸로 팔아. 알았지?"

개발사업부 이영서 부장이 손으로 짚은 건 도로시가 보여주었던 C-17호였다.

오늘 오기로 한 사람이 이걸 분양받는다면 김 대리에겐 7,200만 원의 격려금이 지급된다.

개발사업부에도 3,600만 원이 지급되는데 김지윤을 제외하면 총원 16명이니 1인당 225만 원씩 나눌 수 있다.

지난 달 급여가 미지급인 상태인지라 마른 논에 물 들어가는 것 같이 달콤할 것이다.

"김지윤 대리님!"

"네! 누구시죠?"

깜짝 놀라 뒤돌아보는데 토끼 같이 선한 눈망울이다.

그러고 보니 영화배우 하지원이 가장 예쁠 때의 모습과 매우 유사하다.

"저는 오늘 방문하기로 한 하인스 킴입니다."

"네? 정말요?"

한국말 잘하는 외국인인 줄 알았는데 전형적인 한국인이라 놀라는 듯싶다.

"남아공 사람 하인스 킴 맞습니다."

말을 하며 명함을 건넸다. 차관에게 주었던 것과 같다.

"아! 죄송합니다. 다시 인사드릴게요. 대리 김지윤입니다."

받은 명함을 지갑에 넣으며 개발사업부를 둘러보려 고개를 드니 직원들이 빤히 바라보고 있었다. 정말로 유니콘 아일랜드를 구매하려고 왔는지 궁금한 모양이다.

"김 대리님!"

"네…?"

"따로 설명을 들었으면 합니다. 시선이 집중되어서…"

"어머! 죄송합니다. 이, 이쪽으로… 참! 차는 어떤 걸로 드릴까요?"

"믹스 커피면 됩니다."

"네, 일단 여기로 들어가세요. 자료 챙겨올게요."

"그러죠."

Chapter 02

—

큰손 김현수!

　상담실로 들어가니 달랑 소파 한 조만 놓여 있어 다소 살풍경하다 느낄 만큼 휑하다. 바깥이 훤히 보이는 유리창 너머로 직원들의 시선이 느껴진다.

　딸각—!

　문이 열리고 김 대리와 함께 살짝 대머리가 벗겨진 개발사업부장이 함께 들어선다. 김 대리는 커피잔을 들고 있고, 부장의 손에는 수북한 브로슈어가 들려 있다.

　"커피 먼저 드세요. 이건 유니콘 아일랜드의 브로슈어예요. 찬찬히 살펴보세요. 보시다 궁금한 게 있으시면 무엇이든 물으시고요. 참! 이건 분양 가격표입니다."

"네, 잘 마실게요."

커피 한 모금을 들이켠 현수는 가장 위의 브로슈어를 펼쳐 보았다. 이실리프 어패럴 박근홍 사장에게 주었던 것이다.

다음 것은 민윤서 사장에게 갔던 것이고, 그다음 것은 태을제약 태정후 사장 가족이 머물던 것이다.

"흐음! 다 좋군요."

"그쵸? 유니콘 아일랜드는요, 저희 회사가…"

기다리고 있었다는 듯 열정적인 설명이 시작되었다.

각 동의 면적과 분양가격이 적힌 인쇄물을 하나하나 짚어가며 설명하는 모습은 참으로 오랜 만에 본다.

이실리프 뱅크의 정식 은행장으로 임명되어 첫 번째 브리핑을 했을 때와 같이 열정적이다.

'그러고 보니 김 대리도 참 예뻤구나.'

예전엔 이렇게 예쁜지 미처 몰랐다.

늘 털털한 모습으로 있어서였을 것이다. 일 욕심이 많아 본인의 외모에 큰 신경을 안 썼던 모양이다.

그런데 지금은 유니콘 아일랜드를 분양받겠다고 연락한 사람을 만나는 중이다. 하여 아침 일찍 미용실을 다녀왔다.

머리도 손질하고, 전문가의 세심한 손길을 빌려 곱게 화장까지 했다. 그러니 세련되고 예뻐 보이는 건 당연하다.

문득 생각나는 인물이 있다.

"김 대리님, 잠깐만요. 혹시 기획3팀에 재직 중인 박진영 과장을 아시나요?"

"어머! 그분을 아세요? 근데 어쩌죠? 박 과장님은 지난 주 일요일에 결혼하셔서 지금은 신혼여행 중이세요."

'아! 확실히 평행차원이 맞구나.'

이 시기의 박진영은 미혼이고, 일 중독자였다. 진급과 출세를 위해 사내 정치를 마다하지 않기도 했다.

나중에 김 대리와 결혼해서 살았다. 그런데 이미 결혼했다니 확실히 다른 차원의 세상으로 온 것이 맞다.

"혹시, 박 과장님과 잘 아는 사이세요?"

김 대리의 표정엔 불안함이 어려 있다.

실세인 박준태 전무이사의 아들인 박진영은 냉정하고, 이기적이면서, 출세 지향적인 인물로 평가되고 있다.

그의 눈에 잘못 보이면 회사생활이 어려울 것이라는 동료들의 충고를 받아들여 가급적 마주치지 않으려 애써왔다.

'어떻게 하지? 박 과장님을 잘 아시나? 신혼여행을 가서 꿩 대신 닭으로 날 택한 건 아니겠지?'

현수가 분양받는 게 혹시라도 '실적 가로채기'가 되면 어쩌나 불안한 것이다.

'에이, 알게 뭐야. 난 명퇴 대상인데.'

지금은 남을 생각할 때가 아니다. 곧 잘리게 생겼으니 어떻게든 발버둥쳐야 한다.

마음을 정리한 김지윤은 환히 미소 지으며 다음 브로슈어를 펼쳤다. 드디어 분양가 72억 원인 C—17 차례이다.

"이건 저희 회사에서 가장 공을 많이 들인 거예요. 지하 1층, 지상 3층으로 지어졌는데…."

잠시 설명이 이어졌다.

사실 이 건물은 현수가 잘 안다.

사랑하는 아내였던 권지현에게 주었던 것이기 때문이다.

워낙 바빠서 두어 번밖에 못 가보긴 했지만 상당히 괜찮다는 느낌은 지금도 기억난다.

"이거 후원 수도관에 문제가 있어요. 아직 안 터졌죠?"

기억이 정확하다면 올해 7월 말쯤 수도관이 터지면서 그 파편에 의해 주방 유리창이 깨지는 일이 발생될 것이다.

깨진 유리창에 의해 주방일을 봐주시던 아주머니가 큰 상처를 입었다. 그런데 이를 대수롭지 않게 여기고 방치했다가 조직이 괴사(壞死)되어 발목을 절단하였다.

현수가 국내에 없을 때 벌어진 일이다.

"어라! 그건 어떻게 아세요? 여기 가보셨어요?"

이번엔 놀란 토끼 같은 눈망울이다.

"아뇨! 못 가봤는데 하여간 그래요. 근데 이거 분양받으면 수도관 하자 보수는 해주나요?"

"아! 하자 보수요? 당연하죠. 유니콘 아일랜드의 모든 건물은 건설산업기본법 시행령에서 정한 기간의 2배랍니다. 그리고 방금 말씀하신 건 당장 점검해보라고 할게요."

지윤은 다이어리에 현수가 말한 내용을 기록했다.

"그거 좋군요. 잠시만요."

현수는 미분양 된 148채의 가격을 모두 합산해 보았다.

암산해 보니 총 가격은 7,740억 4,300만 원이다. 총 148채이니 1채당 52억 3,000만 원 꼴이다.

'도로시 돈 준비되어 있지?'

'그럼요! 말씀만 하시면 즉각 송금 가능해요.'

"김 대리님!"

현수가 어떤 것을 고를까 긴장된 표정으로 기다리고 있던 김지윤의 붉은 입술이 열린다.

"네, 말씀하세요."

"이거 다 살게요."

"네…? 방금 뭐라 하셨나요?"

김지윤은 멍한 표정으로 현수와 시선을 맞춘다.

입술이 열려 희고 고른 치열 사이로 연분홍 혀가 살짝 나와 있지만 전혀 느끼지 못하는 듯 눈만 깜박인다.

"미분양분 148채 전부 사겠다고요."

"네에…? 저, 정말요?"

김지윤의 말꼬리가 확연히 올라간다. 아울러 무슨 소리냐는 표정으로 바라본다.

"모두 합산해 보니 7,740억 4,300만 원이네요. 우수리는 떼고 7,740억 원에 주실 거죠?"

"네에…?"

김지윤의 눈은 흰자가 더욱 커지고, 입은 더 많이 벌어져 어금니는 물론이고, 목젖까지 보일 지경이다.

그야말로 입을 딱 벌리고 있다. 과년한 처녀가 사내에게 보일만한 모습은 아니다.

"계좌번호를 알려주시면 바로 송금할게요."

"저, 저, 정말요? 정말이신 거죠?"

김지윤의 음성은 몹시 떨리고 있다.

지금 미분양분 148채를 파는 것은 단순히 매출 7,740억 원을 올리는 것으로 끝나지 않는다.

회사가 급여도 지불하지 못할 정도로 현금이 말라 버린 지금은 7조 7,400억 원짜리 대형공사를 단독 수주한 것이나 다름없는 일이다.

개발사업부에서 하는 일은 '적당한 부지를 골라 그곳에 아파트를 지어 분양하는 걸 기획' 하는 것이다.

땅을 사는 일도, 설계를 하는 일도, 시공을 하는 일도 하지 않는다. 오로지 페이퍼 작업만 하는 부서이다.

수순에 따라 분양공고를 해서 금방 다 팔리는 건 당연한 일이고, 미분양이 발생되면 욕을 자배기[1] 로 먹는다.

다시 말해 공(功)을 세우긴 지극히 어렵지만 과(過)를 범하긴 너무도 쉬운 부서이다.

---

1) 자배기 : 둥글넓적하고 아가리가 넓게 벌어진 질그릇

유니콘 아일랜드는 그룹 총수인 이연서 총괄회장이 처음 말을 꺼내기는 했지만 그 후의 페이퍼 작업은 전적으로 개발사업부에서 맡아서 수행했다. 그래서 많은 욕을 먹었다.

억울했지만 어쩌겠는가!

그룹 총수를 대놓고 욕할 수는 없는 노릇이었다.

아무튼 골칫덩이를 한 번에 털어버릴 기회가 온 것 같다.

김지윤은 현수와 시선을 마주쳤다. 그러곤 노려보듯 살펴본다. 진짜인지 사기꾼인지 가늠하려는 것이다.

"어? 제 얼굴에 뭐 묻었나요?"

"어머! 아, 아, 아니에요. 죄송해요. 생각지 않았던 일이라 놀라서, 경황이 없어서…. 아이! 사랑해요. 진짜 사랑해요."

"네에? 절, 사랑하신다고요?"

이번엔 현수가 놀란 표정을 지었다. 갑작스레 사랑 고백을 하는데 안 놀랄 사람이 누가 있겠는가!

"어머! 제가 미쳤나 봐요. 너무 좋아서…! 그랬어요. 진짜 다 사실 거죠? 사기 아니죠? 그쵸? 네? 아니라고 말해주세요. 저, 진짜 이거 다 팔아야 해요. 그래야 월급을…."

"……!"

완전히 횡설수설이다. 얼굴은 붉게 상기되었고, 정신이 없는 듯 엉덩이를 들썩이고 있다. 그렇게 20초쯤 지났다.

자신이 어떤 상황인지를 문득 깨달은 모양이다.

"죄, 죄송해요. 다 사실 거라곤 생각지도 못해서요."

김지윤은 흘러내린 귀밑머리를 슬쩍 쓸어 올린다. 그러곤 겸연쩍은 미소를 짓는다.

저도 모르게 하는 행동일 게 분명하고, 공부만 해서 이런 게 얼마나 남자들에게 어필하는 건지도 모를 것이다.

오랜 수도생활을 한 수도사처럼 늘 평정심을 잃지 않던 현수조차 아찔한 느낌을 받을 정도로 섹시했다.

하여 아주 잠깐 멍한 표정을 짓고 있었다.

"허험! 우수리 떼는 거 확정입니까?"

"네? 아! 그건 제가 윗분에게 여쭤보고…. 아, 아니에요. 그렇게 하세요. 제가 깎아드릴게요."

회사가 약속을 지킬지 알 수는 없지만 7,740억 원의 1%는 77억 4,000만 원이다.

임의로 깎아준다고 했던 4,300만 원은 충분히 감당하고도 남는다. 그렇기에 깡 좋게 일개 대리 주제에 수천만 원의 디스카운트를 확정지은 것이다.

"좋군요! 그럼, 분양계약서 가져오시고, 회사 계좌번호도 알려주세요. 참! 달러화로 결제할 겁니다. 그러니 오늘 환율도 알아봐 주세요."

"계약금은 분양액의 10% 정도로…."

지윤의 말은 중간에 잘렸다.

"아! 이미 완공된 거니 일시불로 지불하겠습니다."

"네에…? 저, 정말요?"

지윤은 또 놀란 표정을 짓는다.

하긴 결코 적은 돈이 아니다. 연봉 1억인 직장인이 7,740년 동안 한 푼도 안 쓰고 모아야 할 엄청난 거액이다.

"에고, 제가 김 대리님에게 왜 거짓말을 하겠습니까? 계약서 작성과 동시에 전액 지불할 거니까 걱정하지 말아요."

말을 하고 싱긋 웃음 지어보이자 지윤의 심장이 벌렁거리기 시작했다. 맥박이 엄청 빨라진 것이다.

"자, 잠시만요. 그, 금방 갔다가 올게요."

잠시라도 한 눈을 팔면 현수가 사라질까 두려운지 말을 더듬으며 일어선다.

"천천히 하셔도 됩니다. 저는 브로슈어나 보고 있지요."

"네! 그, 그러세요."

말을 마친 김지윤이 후다닥 튀어나가자 묘한 향기가 코끝을 자극한다. 진하진 않고 은은해서 마음에 들었다.

'흐음! 화장품하고 향수사업도 있었지. 도로시! 태을제약의 태정후 사장하고 이예원 실장에 대해 알아봐.'

듀 닥터와 슈피리어 듀 닥터 시리즈는 없어서 못 파는 물건이었고, 천연향수 '아르센의 공주'와 '디오나니아의 눈물'은 발매 개시부터 세기의 관심을 받았었다.

그 후, 50세기에 이르기까지 그 인기가 식지 않았다.

원하는 사람은 많지만 상대적으로 적은 수량만 생산되기에 고가(高價)지만 서로 사려고 아우성칠 정도였다.

'네! 폐하! 바로 보고 드릴까요?'

'아니! 내가 말해 달랄 때 보고해. 지금은 아냐.'

'넵! 입 꽉 다물고 있겠습니다.'

도로시는 늘 현수의 건강상태를 체크한다. 그렇기에 조금 전 살짝 '심쿵' 한 것을 감지했다.

이건 대체 무슨 상황인가 싶어 가지고 있는 데이터를 훑어보았다. 그렇기에 찍소리 않고 묵음모드로 전환했다.

현재의 분위기를 깨면 안 된다 판단한 것이다.

어쨌거나 현수는 다시 브로슈어에 시선을 주었다.

'흐음, C—17은 지현에게 줄까? B—22는 연희에게 주고.'

규모는 비슷하고, 가격은 3,000만 원 차이이다.

둘 다 언덕 위에 있는데 B—22쪽엔 개울이 없다. 대신 조경이 매우 훌륭하다.

둘의 예전 주인이 지현과 연희였다.

예전에 이곳을 아주 좋아해서 자주 머물렀던 기억이 떠올라 흐뭇한 미소를 지었다.

나머지 것들도 살피면서 이건 누구에게 줬던 것인지를 떠올렸다. 한 번씩은 초청받아 들렀기에 아는 것이다.

하나하나 볼 때마다 옛 기억이 떠올라 흐뭇한 웃음을 짓는 동안 시간이 흘렀다.

딸깍—! 벌컥—!

"하아, 하아…! 계, 계셨군요."

허둥지둥 어딜 다녀온 듯 김지윤의 가슴이 들썩이고 있다.

들어섰던 문에 기대어 잠시 가쁜 숨을 몰아쉬는데 가슴에 얹은 손이 위 아래로 들썩이는 모습이 왠지 섹시했다.

또 한 번 심쿵하는 순간이었다.

'뭐야? 왜 이러지?'

현수가 심장의 두근거림을 느끼고 고개를 갸웃거릴 때 지윤은 맞은편 소파에 앉아 결재판처럼 생긴 파일 두 개를 내려놓는다.

"분양 계약을 하나하나 하실 수도 있고, 한꺼번에 하실 수도 있어요. 어떤 게 편하신지요?"

"그야 한꺼번에 하는 게 낫겠지요?"

한꺼번에 하면 한 번만 사인하면 되지만, 하나하나 하려면 무려 148번이나 해야 하니 당연한 물음이다.

현수가 싱긋 웃음 짓자 김지윤도 환한 미소를 짓는다. 희고 고른 치열이 보인다. 연분홍 혀는 보너스다.

참, 건강하고 아름다운 미소이다.

"그래서 이걸 준비했답니다. 한번 보시죠."

두 개의 결재판 중 얇은 쪽을 펼치자 분양계약서라는 굵은 글자부터 보인다. 주변을 얇은 금박으로 둘러놓았다. 이것도 돈 들이고, 신경 써서 만든 게 분명하다.

하긴, 가장 저렴한 것의 가격이 32억 원이다.

표지를 넘기니 분양 목록이 표기되어 있다. 148개 목록만 있는 걸 보면 방금 새로 만든 모양이다.

"모두 분양 받으신다 하여 미리 표기해서 가져왔어요. 혹시 마음 변하신 건 아니죠?"

볼펜으로 체크된 부분을 가리키며 설명하려 몸을 숙였던 김지윤이 고개를 들며 현수에게 시선을 준다.

분양계약서에 시선을 주고 있던 현수 또한 고개를 드는 데 순간적으로 두 개의 수밀도(水蜜桃)와 그 계곡을 보게 되었다. 우윳 빛깔인데 소담스러우면서도 풍만하다.

또 한 번 심쿵이다!

두 개의 수밀도를 받치고 있는 브래지어는 화려하지 않으면서 고상한 디자인이다.

계약서를 만드느라 바쁘게 뛰어다니는 동안 브라우스 단추하나가 풀렸는데 이를 알지 못해서 벌어진 일이다.

'⋯⋯!'

아주 잠깐이지만 묘한 분위기의 순간이었다.

"어머!"

화들짝 놀라 지윤이 허겁지겁 단추를 채우는데 현수는 시선을 둘 곳이 없어 낮은 헛기침을 냈다.

"험, 험! 마음 안 변했으니 걱정하지 말아요."

"하아, 죄송해요. 제가⋯."

지윤은 낮은 한숨과 더불어 사과의 말을 했다.

"네? 뭐가요? 김 대리님은 잘못하신 거 없어요."

"아, 아뇨! 그, 그런 게 아니라…"

김지윤의 볼이 붉게 물든다. 수치심 때문이 아니라 이상하게도 심한 부끄러움이 느껴져서이다.

"바쁘게 움직이다 보면 단추가 풀릴 수도 있죠. 저는 괜찮으니까 신경 쓰지 마세요."

"네…?"

지윤은 뭔가 이상하다는 느낌이었다.

단추가 풀린 걸 모르고 있었던 건 본인의 실수가 맞지만 이런 때 대부분의 남자들은 '잘못 보았다' 거나 '자신이 미안하다' 는 말을 한다.

그런데 현수의 말엔 그런 뉘앙스가 전혀 없다.

무치(無恥)이니 당연하다.

조선시대의 왕은 후세를 잇는 일이 하나의 책무였다.

그래서 '전각이든 궁원이든 어느 곳을 산책하다가도 마음에 드는 무수리나 궁녀가 있으면 그 자리에서 성(性)관계를 해도 무방하다' 는 의미에서 '무치' 라고 하였다.

한 마디로 부끄러움이 없다는 뜻의 말이다.

이실리프 제국의 황제 역시 당연히 그러하다. 그럼에도 그런 행위를 남들에게 보인 적은 없다. 무치이긴 하지만 남세스러움을 모르진 않기 때문이다.

그러니 김지윤의 소담스러우면서도 풍만한 가슴을 보는 것 정도는 전혀 사과할 일이 아닌 것이다.

이런 반응은 전혀 예상치 못했기에 지윤은 뭐라 대꾸해야 할지 몰라 잠시 멍한 표정을 지었다. 또 혀가 보인다.

이 모습을 보는 순간 현수는 다시 한번 심쿵했다. 뭔지 모를 요상한 느낌이 뇌리를 스친 것이다.

"험험! 여기에 사인하면 되는 건가요?"

현수가 볼펜을 집어 들자 김지윤이 얼른 제지한다.

"아직 다 보시지도 않았잖아요. 더 확인 안 하세요?"

"굳이 그래야 하나요? 보아하니 김 대리님은 나를 속일 분 같지는 않군요. 그러니 김 대리님 믿고 사인을…."

똑, 똑, 똑─!

누군가의 노크 소리였다.

"네! 누구신가요? 상담실 사용 중입니다."

김지윤의 대꾸는 무시되었다.

벌컥─!

"유니콘 아일랜드를 분양받으러 온 사람이 있다고… 어? 당신은…?"

문을 열고 들어선 이는 신형섭 사장이다. 뒤에는 조인경 대리를 비롯하여 개발사업부장과 자금부장이 서 있다.

*   *   *

조금 아까 분양계약서를 만들기 위해 김지윤이 상담실을

나서자 밖에서 기다리고 있던 개발사업부장이 물었다.

"김 대리! 분양 받는대?"

"네! 그러신대요."

개발사업부장의 얼굴이 대번에 환해진다. 부서의 실적이며, 포상금도 받게 되기 때문이다.

"오! 정말? 어떤 걸로? C—17 권해보지 그랬어."

"그럴 필요가 없었어요."

"으잉? 왜? 다른 걸로 한대? 보고 온 게 있는 거야?"

부장은 조금이라도 더 비싼 게 팔려야 회사에 면이 선다 생각했던 모양이다.

"아뇨! 그게 아니고, 전부 다 사신대요."

"뭐? 전부? 148채 모두? 진짜…?"

개발사업부장 또한 멍한 표정이다.

유니콘 아일랜드는 5년 7개월 전에 첫 삽을 떴고, 그와 동시에 분양을 시작했다.

공사는 2년 3개월 만에 마쳐졌지만 그때까지 분양된 건 불과 32채였다. 워낙 고가의 물건이라 그렇다.

그 후 신문 광고와 DM을 발송하는 등 분양팀이 고군분투했지만 끝내 148채가 미분양으로 남아 회사에 큰 부담을 주고 있었다.

완공으로 끝나는 게 아니라 유지비용이 들기 때문이다.

어쨌거나 미분양 물량 전체의 가격은 7,740억 4,300만 원이나 된다.

지난주 로또 1등의 실수령액은 12억 2,000만 원이니 이걸 기준으로 하면 1등을 635번 해야 만질 수 있는 돈이다.

당연히 직장인들로서는 꿈도 꿀 수 없는 거금이다.

그런데 불과 25세 정도로 보이는 청년이 그걸 다 산다고 하니 말문이 막힌 것이다.

"네! 전부 다 사신다고 분양계약서 가져오고, 회사 계좌번호도 알려달라고 하던 걸요."

"에고, 김 대리야! 그걸 믿어?"

"네? 무슨 말씀이신지요?"

"저 놈이 너 바라보는 눈빛이 예사롭지 않았지?"

대번에 호칭이 '놈'으로 바뀌었다.

현재 천지건설 직원 중 총각들에게만 투표 권한이 있는 인기투표가 진행되는 중이다. 한 달 후에는 미혼인 여사원들에게만 투표 권한이 있는 인기투표가 진행될 예정이다.

이를 위해 스냅 사진과 회사 행사에 참석했던 동영상 클립 등이 첨부자료로 인트라넷에 올라 있다.

매년 있는 일이기에 다들 관심 갖고 투표결과를 기다리는 중이다. 여기서 1등으로 뽑히면 천지건설 CF를 찍는다.

아파트와 상가분양, 그리고 이미지 광고 등에 등장하게 된다. 개런티를 주기는 하지만 정직원이라 그 액수는 크지 않다는 게 유일한 단점이다. 물론 본인에겐 거부권이 있다.

아무튼 현재 1위는 조인경 대리이다.

전체 응답자 중 39.6%를 득표했다. 올라 있는 사진이나 동영상을 보면 '세련된 청순함'이 강조되어 있다.

2위는 38.2%를 마크하고 있는 김지윤 대리이다. '건강한 섹시함'이 돋보이는 중이다.

나머지 22.2%는 일곱 명의 후보들이 나눠 갖고 있다.

투표 마감일이 많이 남았고, 현재의 투표율은 33.3%에 불과하므로 결과는 언제든지 뒤바뀔 수 있다.

그런데 김지윤은 본인이 후보인 것조차 모른다.

너무 바쁜 데다 명예퇴직 대상자가 되었다는 심리적 압박감 때문에 이런 것에 관심 둘 마음의 여유가 없는 때문이다.

"눈빛이 이상했어요?"

"아무래도 저놈이 김 대리를 꼬이려고 수작부리는 것 같아. 저 나이에 어떻게 그런 큰돈이 있겠어? 재벌 2세라 해도 쉬운 일이 아니야. 안 그래?"

유니콘 아일랜드에 미분양물이 많다는 건 소문난 일이다.

십시일반으로 다른 그룹에서 몇 채씩 매입해 주었기에 망정이지 안 그랬다면 200채 이상이 쌓여 있을 뻔했다.

풍광 좋은 곳에 자리 잡았고, 잘 지어진 특색 있는 건축물이지만 부동산 가치가 폭등할 것 같지 않고, 투자금액 대비 적정 수익이 발생되는 것도 아닌 물건이기 때문이다.

그래서 상당기간 미분양 상태였는데 그걸 한꺼번에 다 사겠다니 말도 안 된다 생각한 것이다.

"그, 그런가요?"

"저놈이 조금 요상한 눈빛으로 바라보지 않았어?"

"네? 아, 아뇨. 안 그러셨어요."

지윤은 현수가 본인의 가슴을 유심히 바라본 걸 말하지 않았다. 왠지 부끄러워서이다.

"그래? 근데 뭘 어떻게 해 달래? 요구 조건은 뭐야? 김 대리더러 데이트하자고 해? 아님, 애인하재?"

"아뇨! 그런 거 없어요. 그냥 다 살 테니 계약서 챙겨오라는 말밖에는…. 참! 억 단위 이하는 디스카운트 해달랬어요."

"진짜 그거 말고 없었어?"

"네! 저 지금 얼른 분양계약서 가지러 가봐야 해요."

"그, 그래? 알았어, 일단 얼른 갔다 와. 여기는 내가 지키고 있을 테니까. 알았지?"

개발사업부장 이영서는 현수가 몰래 도망가지 못하게 하겠다는 듯 문 앞에 털썩 주저앉았다.

"아니기만 해봐라! 어디서 감히 사기를…."

분양팀으로 달려간 지윤은 미분양분 전체를 매입하겠다는 사람이 나타났으니 얼른 계약서를 만들어달라고 하였다.

당연히 난리가 벌어졌고, 사실 확인을 거듭해서 해줘야 했다. 지윤은 얼른 계약서를 만들어달라고 재촉했다.

그러는 사이에 분양팀장이 사장 비서실로 전화를 걸었다.

통화를 마친 조인경 대리는 그 즉시 신형섭 사장에게 보고했다. 자금 때문에 고민이 많다는 걸 알기 때문이다.

천지건설의 총직원 수는 5,864명이다. 임직원은 물론이고, 정규직과 기간제 근로자 모두를 포함한 숫자이다.

이들의 평균 근속연수는 9년이고, 평균 연봉은 7,116만 원 정도 된다.

하여 매달 347억 7,352만 원이 급여로 지출된다.

정말로 7,740억 원이 입금된다면 미지급된 급여를 모두 지급하고, 밀린 자재대금과 하청업자들의 미지급 기성고를 모두 지불하고도 많이 남는다.

단숨에 자금 경색으로부터 풀려나는 것이다.

보고를 받은 신 사장은 그 즉시 자리에서 일어났고, 9층으로 내려왔다. 그러곤 상담실 문을 벌컥 연 것이다.

그런데 아까 봤던 청년이 앉아 있다.

"여기 유니콘 아일랜드를 분양받으러 온 사람이 있다고…. 어? 당신은…?"

현수가 싱긋 웃음 지었다.

"아! 사장님이 내려오셨군요."

"여, 여긴 어떻게…?"

"제가 아까 말씀드렸잖아요. 이 회사에 볼일이 있어서 왔다고요…. 지금 볼일 보는 중입니다."

현수와 지윤은 소파에 앉아 있고, 신 사장과 조 대리, 그리고 개발사업부장과 자금부장은 어정쩡한 자세로 들어서는 상황이다.

"지금 계약서 검토 중입니다. 앉으시죠."

"어, 어? 아! 그래요."

신 사장이 소파에 앉자 지윤은 살그머니 현수의 곁으로 자리를 옮겼다. 감히 사장과 동석할 수 없다는 직장인의 본능적인 자세였을 것이다.

"자네들은 나가 있게."

"네! 사장님."

개발사업부장과 자금부장이 나가자 조인경은 문을 닫고 신사장의 뒤쪽에 선다.

"김 대리라고 했지? 계속하게."

"네! 사장님."

조신하게 대답한 지윤은 계약서 항목을 하나하나 설명했다. 현수는 일일이 대답하는 대신 고개만 끄덕였다.

그러곤 펜을 꺼내 계약자 성명을 기입하고 멋드러진 사인까지 했다. 천지건설 대표이사 직인은 이미 찍혀 있었으므로 이로써 계약이 성립된 것이다.

숨죽인 채 사인하는 모습을 지켜보고 있던 지윤이 나지막한 한숨을 몰아쉬며 계약서 한 부를 챙긴다.

"저기, 혹시 궁금하신 사항 있으신지요?"

"네, 있어요."

현수의 대답이 의외였는지 지윤의 눈이 다시 커진다. 뭔가 빠졌나 싶은 것이다.

"뭐, 뭔가요?"

"아까 말씀드렸듯 분양 대금은 전액 달러화로 결제될 거예요. 오늘 환율이 궁금하네요."

"아! 그거요. 잠시만요."

지윤은 주머니 속 휴대폰을 꺼내 문자를 확인했다.

"6억 5,830만 3,210달러랍니다."

오늘은 1달러가 1,175.75원인 모양이다.

"계좌번호는요?"

"그건 여기에…"

계약서 하단에 인쇄된 회사 계좌번호를 확인한 현수는 휴대폰을 꺼내곤 단축다이얼을 길게 눌렀다.

마주 앉은 신 사장이나 그 뒤에 서 있는 조인경 대리의 귀에는 아무런 소리도 들리지 않았다.

하지만 바로 곁에 앉은 김지윤 대리의 귀에는 신호음에 이어 전화 받는 소리가 들렸을 것이다.

"도로시! 난데. …… 그래, 내가 문자로 보내는 계좌로 6억 5,830만 3,210달러 송금해. …… 6억 5,830만 3,210달러라고. …… 그래, 맞아! 근데 그렇게 보내면 여기서 확인하는데 시간이 너무 많이 걸려. 아마 2~3일은 걸릴걸. …… 응! 그러니까

웨스턴 유니온[2] 이나 머니 그램[3] 으로 보내. 송금 수수료…? 그건 우리가 부담하는 걸로 하고. …… 그래! 제주도 섭지코지에 있는 유니콘 아일랜드야. …… 그래, 148채 다 샀어. 뭐라고? …… 아냐, 그런 거 아냐. …… 그래, 알았어. 아무튼 문자 보내면 바로 송금해!"

일부러 유창한 영어로 통화를 마친 현수는 계좌번호를 문자로 찍어 보냈다. 물론 시늉이다.

그러곤 계약서와 브로슈어들을 차근차근 챙겼다.

한편, 신 사장과 조 대리, 그리고 김지윤은 멍한 표정이다.

셋 다 영어에 능통하다. 그렇기에 방금 현수가 도로시에게 지시하는 내용을 모두 알아들었다.

7,740억 원이나 되는 엄청난 돈을 전화 한 통으로 송금 받는 이 사람은 대체 누군가 하는 생각이 들자 다들 멍한 표정이 된 것이다. 그렇게 잠시의 시간이 흘렀다.

이때 문득 생각났다는 듯 현수의 입이 열린다.

"참! 사장님. 제가 알기로 천지건설에서 골프장 조성을 위해 사놓은 땅이 있다고 들었습니다."

"고, 골프장요?"

문득 제 정신이 돌아온 신 사장이라 잠시 말을 더듬는다.

---

2) 웨스턴 유니온(The Western Union Company) : 미국에 본사를 둔 금융, 통신회사. 전 세계 200여 개국에서 개인 송금, 기업 지출과 무역 업무를 대행함.
3) 머니 그램(Money Gram) : 은행간 거래망을 통하지 않는 새로운 형태의 해외송금 서비스. 세계 어디든 10분 이내로 송금 가능함

"네! 양평에 22만 평쯤 있다고 들었는데 그거 파십쇼."

"네? 22만 평 전부를요?"

"평당 65만 원으로 해서 1,430억 드리면 파시겠습니까?"

이 땅은 과거에 이연서 회장이 현수에게 결혼 예물로 증여했던 것이다.

매입가는 평당 50만 원 정도이다. 현재 지가는 위치에 따라 평당 60~70만 원 수준으로 올라 있다.

기왕에 천지건설의 자금 위기를 해소시켜 주기 위해 나섰으니 현재 쓸모없을 것을 몽땅 사주려는 것이다.

"자, 잠깐만요."

신 사장은 허를 찔린 표정이다.

Chapter 03

—

천지건설에서

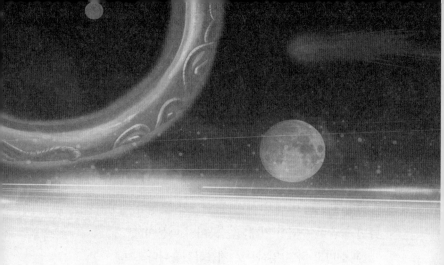

　양평 땅에 골프장을 지으려고 한 것이 맞다. 서울에서 가깝기에 큰 이득이 남을 사업이다.

　땅을 더 사들여 18홀짜리로 조성하려 했지만 3만 평 정도가 부족했다. 그래서 문제가 발생되었다. 경관 뛰어난 곳인지라 지주들이 너무 비싼 값을 불렀던 것이다.

　터무니없는 돈을 주고서라도 한시 바삐 공사를 개시해야 하는 건 아니다. 하여 상당기간 방치되어 있었다.

　그렇다고 마냥 묵혀 둘 수만은 없어서 궁여지책으로 9홀짜리 골프장과 클럽하우스, 그리고 천지그룹 직원들을 위한 휴양시설을 조성하려는 계획을 짰다.

그런데 기대되었던 수주가 연속해서 무산되고, 관급공사에서 큰 손해를 입는 등 어려움에 처하게 되었다.

하여 유니콘 아일랜드처럼 골칫덩이로 전락해 버렸다.

하지만 마냥 안고 있을 수만은 없어서 다른 재벌그룹에 팔려고 의사타진을 하기로 했다.

그런데 은근히 배가 아팠다. 골프장 조성이 성공적으로 끝나면 쏠쏠한 수입이 기대되는 곳이기 때문이다.

"파신다고 하면 일시불로 지불하겠습니다."

"……!"

현수를 제외한 셋은 입을 딱 벌려서 충치가 몇 개 있는지 확인시켜 주었다. 시장통에서 계란 한 판 사는 것처럼 너무도 간단히 이야기하는 때문이다.

"안 파실 겁니까?"

"아, 아뇨! 팝니다, 팔아요. 조 대리! 얼른 가서 양평 꺼 등기부등본하고 계약서 가져와."

"네? 아, 네에. 알았습니다. 금방 다녀올게요."

조인경 대리가 서둘러 상담실 밖으로 튀어나갈 때 뒷모습을 보던 현수가 입을 연다.

"사장님! 이번 건은 조인경 대리님 실적으로 잡아주시죠."

회사는 양평 땅 처분을 다른 재벌그룹으로 국한하지 않았다. 하여 분할 매각을 고려하면서 직원들에게 공고하려 한다.

땅을 처분하는 데 결정적인 공을 세운 직원에게는 1%의 포상금이, 소속된 부서에는 0.5%가 지급된다.

유니콘 아일랜드와 마찬가지로 누군가 분양 때문에 자리를 비웠을 때 업무 차질이 빚어지지 않도록 하라는 뜻이다.

이것은 신형섭 사장 책상 위의 모니터에서 본 내용이다.

우측 상단에 대표이사 사인이 기입되어 있었으니 결재가 떨어진 것이다.

지금쯤 로비에 공고문이 게시되어 있을 것이다.

참고로, 부동산 중개 수수료율은 0.9% 이내이다. 직원들이 공을 세우게 되면 이보다 더 주겠다는 뜻이다.

어쨌거나 신 사장은 크게 고개를 끄덕인다.

"네? 아, 네에. 그, 그럼요! 조 대리 실적으로 하겠습니다."

"좋군요! 약속 지키셔야 합니다."

"그럼요! 당연히 그렇게 합니다."

현수는 신 사장의 말을 믿는다. 한번 내뱉은 말은 설사 본인이 손해를 보더라도 꼭 지킨다는 걸 알기 때문이다.

"그나저나 그거 정확한 평수가 어찌 되지요?"

"정확히 22만 1,079평입니다."

듣는 순간 순식간에 연산이 이루어졌다.

"그럼 1,437억 135만 원이네요. 우수리는 떼어주실 거죠?"

"우, 우수리요? 그, 그럼요! 그렇게 합니다. 그렇게 해요."

신형섭 사장은 7억 135만 원을, 현수는 135만 원을 생각해서 이야기한 것이다.

이래서 숫자가 관련된 대화는 명확히 하는 것이 좋다.

어쨌거나 매각 금액이 확정되었다.

이제 조인경 대리는 14억 3,700만 원을, 사장 비서실은 7억 1,850만 원을 포상금으로 받게 되었다.

"조금 전 그 계좌로 돈을 보내면 되겠습니까?"

"네? 그, 그럼요."

신 사장은 갑작스러운 상황에 적응되지 않았는지 계속 말을 더듬는다. 이때 현수는 휴대폰을 꺼내 뭔가를 계산하더니 단축다이얼을 누른다.

"도로시? …… 그래, 추가할 게 있어서. …… 그래, 그래! 땅을 좀 사려고. …액수? 1,437억 원이니까 1억 2,221만 9,860달러야. …… 뭐라고? … 1억 2,221만 9,860달러라고. 그래, 맞아! …… 그래, 아까 그 계좌로 보내. …… 알았어. 수고해."

통화를 마치고 휴대폰을 주머니에 넣는 현수를 신 사장과 김지윤이 멍한 표정으로 바라본다.

적응되지 않는 상황인 것이다.

전 직원이 나서서 몇 년 동안이나 처분하려고 애썼던 유니콘 아일랜드와 이제는 더 이상 견딜 수 없어서 다른 재벌에게 처분하려던 양평 땅이 그야말로 한 큐에 처분되었다.

총액 9,177억 원이고, 7억 8,052만 3,070달러이다.

회사가 처한 어려움 또한 한 방에 털어버릴 엄청난 거액이 곧 현금으로 들어올 예정이다.

　둘 다 멍한 표정으로 현수를 바라보는 시간이 흘렀다.

　그러는 내내 현수는 유니콘 아일랜드를 찍어온 사진들을 감상하고 있었다.

　지이이잉! 지이이잉—!

　휴대폰이 진동하자 신 사장이 문자메시지를 확인한다. 자금부 김 부장이 보낸 것이다.

　사장님! 해외계좌로부터 1억 1,150만 달러가 입금 확인 되었습니다.

　문자를 확인하고 휴대폰을 내려놓으려는데 또 진동한다. 이번에도 자금부 김 부장이 보낸 것이다.

　1억 7,830만 달러 입금 확인 되었습니다.
　……
　2억 6,550만 달러 입금 확인 되었습니다.
　……
　3억 3,570만 달러 입금 확인 되었습니다.

　현수의 지시로 송금되는데 한 번에 보낼 수 없어서 잘게 쪼개서 보내는 모양이다. 그래서 문자 메시지는 계속되었다.

4억 6,050만 달러 입금 확인 되었습니다.
......
5억 2,160만 달러 입금 확인 되었습니다.
......
6억 4,330만 달러 입금 확인 되었습니다.
......
6억 5,893만 3,210 달러 입금 확인 되었습니다.
총액 7,740억 원에 해당됩니다.

유니콘 아일랜드 분양 금액 전액이 입금된 것이다. 그럼에
도 문자가 계속된다.

돈이 또 송금되었습니다. 확인해 주십시오.
6억 9,810만 달러 입금 확인 되었습니다.
......
7억 1,820만 달러 입금 확인 되었습니다.
......
7억 4,640만 달러 입금 확인 되었습니다.
......
7억 8,052만 3,070달러 입금 확인 되었습니다.
총액 9,177억 원에 해당됩니다.

......

유니콘 아일랜드 분양 대금 7,740억 원 이외에 1,437억 원이 추가로 입금된 겁니다. 내역이 뭔지 알려주십시오.

휴대폰이 계속해서 진동되었기에 김지윤과 현수는 말없이 지켜만 보고 있었다.

이윽고 더 이상의 진동이 없자 현수가 입을 연다.

"입금 확인 되신 거죠?"

"그, 그렇습니다."

신 사장의 음성은 떨리고 있었다. 믿을 수 없는 일이 현실로 일어났는데 아직 실감나지 않아서이다.

"그럼 등기 서류를 챙겨서 주십시오."

"다, 당연하신 말씀입니다. 당연히 그렇게 해드려야죠. 김 대리! 등기 서류 일체를 챙겨오세요."

"네! 사장님."

김지윤 대리가 상기된 표정으로 상담실을 나갔다.

회사의 자금 경색이 해소되었고, 자신은 큰 공을 세웠다.

이제 '명예퇴직 대상자'가 아니라 '진급 대상자' 명단에 올라가게 될 것이다.

게다가 포상금이 무려 77억 4,000만 원이다. 개발사업부에도 38억 7,000만 원이 지급될 것이다.

서울대학교에 합격했다는 걸 확인할 때보다, 천지건설 입사

시험에 합격했다는 통보를 받을 때보다 훨씬 더 가슴 떨리고, 더 설레고, 더 긴장되며, 더 기쁘다.

"으아아아아아~!"

타잔의 내연녀도 아니건만 김지윤 대리는 힘껏 소리 지르며 마구 달렸다.

쥐 죽은 듯 고요하던 복도가 갑자기 시끄럽다.

대체 웬 소란인가 싶어 문을 열고 내다본 직원들은 지윤의 뒷모습을 보고 의아한 표정을 짓는다.

"으아아아아아~!"

또다시 소리를 지르자 오른손 두 번째 손가락을 관자놀이 부근에 대고 빙빙 돌린다. 그러거나 말거나 지윤은 엘리베이터 버튼을 마구 눌렀다.

얼른 등기 서류를 챙겨오기 위함이다.

"하하! 우리 김 대리가 기분이 좋은가 봅니다."

지윤이 내지르는 소리를 들은 신 사장이 한 말이다.

"그러게요. 기분이 좋으면 좋은 거죠."

"그나저나 외국인이시군요."

지윤이 나간 뒤 신 사장과 현수는 서로의 명함을 교환하며 정식으로 인사했다.

"네! 남아공에서 왔습니다. 하인스라 불러주십시오."

"영락없는 한국인이신데… 그런데 Y-Ent가 뭐 하는 회사인지 물어봐도 되겠습니까?"

"엔터테인먼트! 연예기획사입니다."

외양은 완전한 한국인이고 한국어도 매우 유창하다. 그런데 남아프리카공화국 사람이라니 이상하다.

신 사장은 조금 전에 니야지 사파로프 차관을 배웅하고 곧바로 휴대폰으로 아제르바이잔어를 검색해 보았다.

비공식적으로는 아제리어, 아제르바이잔 튀르크어라고도 부른다.

이 언어는 터키어의 영향을 많이 받았으며, 투르크멘어와 카자흐어, 그리고 러시아어에서 나온 차용어도 있다.

아무리 봐도 아프리카 쪽과는 전혀 연관이 없다. 그런데 어떻게 아제르바이잔어에 정통한 것인지 참으로 궁금하다.

그런데 한국에서 연예기획사를 운영한다니 완전히 쌩뚱 맞다. 그럼에도 유니콘 아일랜드와 양평 땅을 단숨에 사들이는 엄청난 능력은 또 뭐란 말인가!

어쨌거나 멍한 표정으로 현수를 바라보다 입을 연다.

"네? 연예기획사라고 하시면……"

"저흰 다이안이라는 걸그룹으로 시작하는 중입니다."

"아! 걸그룹이요."

남들은 모르지만 신 사장은 '걸스데이'과 '씨스타'의 삼

촌팬이다. 전에는 '소녀시대' 와 '카라' 를 좋아했었다.

그렇기에 걸그룹이라는 말을 듣는 순간 Y-엔터가 어떤 회사인지를 단박에 알아들은 것이다.

"회사 규모가 큰가 봅니다."

"아뇨, Y-엔터 자체는 그리 큰 회사가 아닙니다."

"그래요? 그런데 어떻게……."

그리 큰 회사를 가진 것도 아니건만 단숨에 9,177억 원이나 송금하는 대단한 능력은 대체 뭐냐는 물음이다.

"바하마에 Y-인베스트먼트라는 회사가 또 있지요."

"인베스트먼트라면 투자 회산가요?"

"그렇습니다. Y-인베스트먼트는 이익이 되는 곳에 투자하는 펀드로 발족된 회사죠."

"외람된 말씀이지만 유니콘 아일랜드와 양평 땅은 큰 이익을 낼 수 없다고 생각하고 있습니다."

이익을 쫓는 투자 회사라면서 왜 이득도 없는 곳에 돈을 썼느냐는 뜻이다. 이미 받을 돈을 다 받아서 한 말이 아니라 순간적으로 궁금해서 물은 것이다.

"지금은 그렇지만 아닐 수도 있지요."

현수는 싱긋 웃음 지었다.

＊　　　＊　　　＊

이전의 기억을 더듬어보니 유니콘 아일랜드는 초특급 호텔을 뛰어넘는 인테리어와 시설을 갖추고 있다.

하여 하룻밤 평균 숙박비가 450만 원 정도였다.

이번에 매입한 148채 중 100채는 비교적 바다와 가깝다. 아울러 산책로로의 접근성이 뛰어나다.

배치도를 보니 하나의 단지로 조성할 수 있을 듯하다.

적당히 세련된 담장을 둘러 차별화를 꾀하고, 일반인들의 접근을 차단하도록 하면 프라이버시가 완벽하게 보호되는 초특급 호화 펜션단지가 탄생될 수 있다.

100채 모두를 임대한다면 하루 수입만 4억 5,000만 원이다. 많은 경비가 들겠지만 충분히 수익이 발생된다.

현수는 이런 생각을 입 밖으로 내지는 않았다. 놓친 고기가 커 보인다는 낚시계의 명언이 있는 때문이다.

대신 원래의 목적은 숨기지 않았다.

"유니콘 아일랜드 팀이 필요해서요."

"네? 그게 무슨 말씀이신지요?"

"저희가 계획하고 있는 일이 있습니다. 마포구 신수동의 땅 12,022평을 매입해서……."

장차 Y-빌딩이라 불릴 신수동 빌딩을 어떻게 건립할 것인지에 대한 이야기를 했다.

대화 중간에 도로시로부터 도면을 이메일로 받아 그걸 모니터로 보며 대화를 나눴다.

아직 확정되지 않은 설계라고 했지만 건설회사 사장인 신형섭은 안광을 빛냈다.

Y─빌딩 건립 계획엔 투시도는 물론이고, 조감도도 있다.

지하 8층부터 지상 34층까지 각층 평면도도 모두 있다.

뿐만 아니라 배치도, 단면도, 단면 상세도, 입면도, 좌우면도까지 완벽하게 갖춰져 있다.

치수가 모두 기입되어 있으니 이 정도면 단순한 계획 도면이 결코 아니다. 허가만 받으면 곧바로 시공에 들어가도 될 완벽한 설계 도면이다.

그렇기에 눈빛을 빛내며 세세한 부분까지 살펴보았다. 건설회사 사장다운 모습이다.

도면을 살피는 동안 현수의 설명이 이어졌다.

"네? 이 동네 근방에 매물로 나와 있는 아파트를 몽땅 사들여서 이주시켜 준다고요?"

투자 회사라면 이익을 추구할 텐데 아무리 봐도 손해인 듯한 말을 들어서이다.

"그러려구요. 한국에 와서 과거 이력을 살펴보니 재건축 또는 재개발 사업이 진행되면 눈물 흘리며 떠나는 사람들이 있더라구요. 그래서 용산 참사[4] 같은 일도 벌어졌고요."

"……!"

---

4) 용산참사 : 2009년 1월 20일에 서울시 용산 재개발 보상대책에 반발하던 철거민과 경찰이 대치하던 중 화재가 발생되어 6명이 사망하고, 24명이 부상당한 사건

하인스 킴은 외국인이다. 그렇기에 신형섭 사장은 부끄러움을 느꼈다.

천지건설도 과거엔 재개발이나 재건축 사업에 참여한 바 있다. 신 사장이 대표이사가 되기 전 부장일 때의 일이다.

천지건설이 구도심 재개발 사업자로 선정되었는데 어이없는 보상 조건으로 철거민들을 내쫓는 일이 있었다.

그때는 그게 당연한 일이었다.

아무튼 용역들이 동원되어 폭력이 난무했다고 들었다. 재개발과 직접적인 연관이 없는 부서에 근무하던 때이다.

폭행당해 엉망이 된 철거민들이 본사까지 찾아와 억울함을 호소하며 눈물을 흘렸다. 그때 신 사장은 애써 외면했다. 나서면 잘릴 것이 뻔한 분위기였기 때문이다.

그 일이 있은 후 이연서 회장은 더 이상 재개발이나 재건축 사업에 참여하지 말라는 특명을 내렸다.

그리고 남의 눈에서 피눈물 나게 하면서 회사를 키우지 말라는 훈시도 내렸다.

이후로도 여러 건설사들이 용역을 동원한 재건축 내지 재개발 사업에 나서서 이득을 취하고, 사세를 키워 나갔다.

시민단체와 일부 언론에서 용역 깡패와 건설사들을 질타하는 성명을 내고, 성토한 바 있다. 그래도 다른 건설사들은 마이동풍으로 자신들의 이익만 추구하였다.

천지건설만 한 발짝 물러서 있었다. 이런 걸 보며 신 사장은 천지건설에 몸담길 참 잘했다는 생각을 했다.

어쨌거나 현수는 방금 한국 건설사들과 전혀 다른 행보를 이야기했다.

어떤 속셈이 감춰져 있는지 모르겠지만 지금껏 들은 대로 한다면 주민들에게 거의 피해가 없는 재개발 사업이다.

오히려 이득이라며 쌍수를 들어 환영하면서 매매 계약서에 도장을 찍겠다고 나설 일이다.

신 사장은 왜 그런 손해를 보려하느냐는 의미로 바라보았지만 현수는 아무렇지도 않은 표정으로 말을 잇는다.

"저희가 매입할 아파트 인테리어 공사를 유니콘 아일랜드 팀에서 맡아줬으면 합니다."

"그건……."

장인급 기술자들로 이루어진 팀이라 쉬지 않고 현장에 투입한다. 그 덕에 다른 건설사보다 훨씬 깔끔한 마감을 자랑하고 있다. 그런데 그 팀을 빼달라고 한다.

생각해 보니 현재 진행 중인 공사는 장인급이 들어갈 현장도 아니었다. 하여 흔쾌히 고개를 끄덕여 주었다.

"좋습니다. 팀을 파견하지요."

"고맙습니다. 근데 저희 일을 하시는 동안은 저희 쪽에서 급여를 지불하는 조건이면 좋겠습니다."

천지건설에 인테리어 공사를 주겠다는 것이 아니라 Y-인베스트먼트에서 직영[5] 하겠다는 뜻이다.

"그건… 좋습니다. 그렇게 하십시오."

신 사장은 또 한 번 고개를 끄덕였다.

인테리어 공사를 수주하여 얻는 자그마한 이익보다 단숨에 자금 경색을 해소시켜 준 덕을 더 크게 생각한 것이다.

"감사합니다."

"에고, 저희로선 인건비가 세이브되는 상황인 걸요."

"네! 그분들이 저희 일을 하는 동안엔 그분들의 급여를 천지건설로 보내겠습니다. 액수만 알려주시면 됩니다."

파견 나갔다 하여 해고하지 말라는 뜻이다.

"네! 알겠습니다. 언제든 필요할 때 부르시면 제까닥 보내드리도록 하겠습니다."

"고맙습니다. 대신 Y—빌딩 설계가 끝나면 천지건설에 시공을 맡기도록 하지요."

"아……! 감사합니다. 정말 감사합니다."

신 사장은 진심을 담아 고개를 숙였다. 수의계약 수준으로 큰 공사를 준다는데 어찌 감사해하지 않겠는가!

Y—빌딩의 전체 면적은 63빌딩의 5배 이상이 된다. 단일건물치고는 어마어마한 건축비가 투입될 공사이다.

회사가 겪었던 자금 경색은 지방에 지어놓은 미분양 아파

---

5) 직영(直營) : 구조물의 주인이 직접 자재, 노무자, 기계 설비 따위를 조달하여 공사하는 일

트 때문인 것도 있지만 그보다는 신도시에 짓고 있던 대형 상가의 시행사 부도가 결정적이었다.

받아야 할 기성고[6]를 제때 받지 못하면서 연쇄적으로 어려움을 겪고 있었던 것이다.

현수 덕에 간신히 숨통이 트였지만 그런 일을 또 겪지 않으리라는 보장은 없다.

하여 새로운 수주가 조심스러울 수밖에 없었다.

건축주의 재력과 은행 대출 가능성까지 다 따져보고 난 뒤에야 타 건설사들과의 수주 전쟁에 뛰어들어야 했다.

그러다 보니 잔뜩 위축되어 수주 물량이 대폭 감소했다.

벌어야 할 돈이 제대로 벌리지 않는 상황이 되자 궁여지책으로 명퇴 대상자들을 선정해 보았다.

회사의 몸집을 줄여서라도 버텨보자는 의도였다.

그 명단에 김지윤 대리가 끼어 있었다.

학벌과 업무 능력, 그리고 인물 모두 빼어나지만 결혼 적령기에 있으니 곧 퇴사할 인력으로 보았던 것이다. 건설사이니 기술자보다 관리자를 먼저 줄이려는 의도도 있었다.

어쨌거나 이제 천지건설의 어려움은 모두 해소되었다.

그런데 자금력 빵빵한 건축주가 대형빌딩 신축공사를 주겠다고 한다. 엎드려서 절이라도 해야 한다.

---

6) 기성고(既成高, Amount Of Work Completed) : 공사의 진척도에 따른 공정을 산출해 현재까지 시공된 부분만큼의 소요자금을 나타내는 것

그렇지 않아도 박준태 전무와의 파워게임에서 저울추가 그쪽으로 쏠리는 중이었다.

지금 경색을 해소시키지 못했다면 이사회에서 해임되었을 것이고, 본인의 자리는 박 전무가 차지했을 것이다.

그러고 보니 현수 덕에 대표이사 자리를 유지하는 셈이다.

"그나저나 김지윤 대리는 어떻게 알고 오신 건지요?"

신 사장은 정말로 궁금하다는 표정이다.

"따로 아는 건 아니고 어쩌다 보니 연결이 되었습니다."

두루뭉술한 대답이다. 하지만 캐묻지는 않았다. 긁어서 부스럼을 만들 필요는 없기 때문이다.

"조 대리는 또 어떻게 아시는지요?"

"조인경 대리님은 아까 엘리베이터에서 만났습니다. 그런데 되게 싹싹하고, 친절하시더군요. 그래서 니야지 사파로프 차관과 함께 올라갔던 겁니다."

현수가 통역으로 오기로 했던 이서운 대신 동행한 이유를 알게 된 신 사장은 웃음을 터뜨렸다.

"우리 조 대리가 복이 많은 사람이었군요. 하하하!"

"그런 거 같네요."

"참! 아제르바이잔 신도시 이야기 좀 더해주십시오."

현수가 뭔가를 더 알고 있는 듯해서 찔러본 말이다. 그런데 현수는 더 많은 정보를 달라는 뜻으로 받아들였다.

하여 예전의 기억을 더듬어보았다.

"차관만 제공하면 그 공사는 큰 차질 없이 진행되고, 완공까지 볼 겁니다."

"차관 액수가 120억 달러라고 말하셨죠?"

"네! 한국 돈으로는 14조 1,090억 원 정도 됩니다."

"솔직히 말씀드려 우리 회사는 그만한 돈을 제공할 만큼 든든하지 못한 상태입니다."

대표이사로서 회사가 번듯하다고 말해야 하지만 왠지 솔직하게 말해야 한다 생각한 듯싶다.

"100억 달러 정도면 가능할까요?"

"그것도 어려울 듯합니다."

차관은 대차(貸借)의 당사자가 누구인가에 따라 정부 차관과 민간 차관으로 구별된다. 둘 다 돈을 빌려주는 것이다.

국제 신용도와 연관이 있으니 나중에야 회수되겠지만 막대한 외화가 국외로 빠져나가야 하는 일이다. 그렇기에 은행으로부터 대출을 일으키려 해도 정부의 승인이 필요하다.

그런데 천지건설은 관급공사에서 말도 안 되는 관계자들의 몽니 때문에 큰 손해를 입은 바 있다.

지난 정권 초기에 관급공사를 낙찰받아 착공한 현장이 있었다. 근린공원 지하주차장 조성 공사이다.

제법 규모가 컸지만 수주전이 너무 치열하여 무사히 준공한다 해도 그리 큰 이득이 남지 않을 공사였다.

어쨌거나 공사가 시작되자 단속 기관 공무원들이 차례로 방문했다. 그러곤 비산먼지 가림막 및 세륜 과정에서 발생되는 폐수 억제 시설, 그리고 방진벽 등을 트집 잡았다.

일례로, 공사장을 드나든 건설 장비의 바퀴에 살수한 물을 거의 1급수 상태로 방류하라고 요구했다.

참고로, 환경부 기준 1급수는 가장 맑고, 깨끗한 물이다.

하천일 경우엔 바닥에 깔린 자갈 등이 그대로 보여야 하며, 악취와 같은 냄새가 거의 없어서 그대로 마셔도 무방할 정도로 깨끗한 물이다.

따라서 말도 안 되는 억지였다. 그래도 어쩌겠는가!

갑은 관공서였다. 현장소장은 많은 비용을 들여 몇 겹의 거름망을 설치한 후에 방류토록 했다.

다른 공사에선 들지 않을 비용이 지출된 것이다.

다음엔 공사 때문에 교통 흐름이 방해된다며 끊임없이 주정차 위반 단속을 실시했다. 심지어 콘크리트 타설을 위해 잠시 정차하는 레미콘까지 단속했으니 말 다 했다.

이걸로 모자랐는지 비산먼지 때문에 민원이 들어오니 가림막을 더 높게 설치하고, 현장 내부를 향해 끊임없이 살수하라는 말도 안 되는 요구도 했다.

이밖에도 여러 가지로 괴롭혀 많은 비용이 추가되었다.

결국 관계자들의 끊임없는 간섭으로 준공기일이 많이 늦어졌다. 지체상금[7]까지 물게 한 것이다.

이후 천지건설은 관급공사 입찰에 참여하지 않고 있다.

정권의 하수인이 된 일부 썩어빠진 공무원들과는 얼굴조차 마주하고 싶지 않기 때문이다.

사람들은 천지건설이 괘씸죄 때문에 고생한다는 말을 했다. 그럼에도 권력자들을 찾아가 화해의 뇌물을 바치는 일 따위는 하지 않았다.

그래서인지 전국 어디든 공사를 시작하면 온갖 치졸한 방법까지 동원하여 훼방하기를 주저하지 않았다.

천지건설이 망하는 꼴을 반드시 보고야 말겠다는 듯 그야말로 대놓고 지랄발광을 한 것이다.

그럼에도 천지건설은 망하지 않았다.

내실이 잘 다녀진 기업이라 그러했다. 그러는 사이에 대통령이 바뀌었다. 하지만 집권 여당까지 바뀐 건 아니다.

누가 배후에서 일을 꾸몄는지 알 수는 없지만 천지건설이 신도시에 대규모 상가건물 공사를 시작하자 시행사를 건드렸다. 방향을 바꿔 괴롭힌 것이다.

결국 시행사가 부도 처리 되면서 공사는 멈췄고, 천지건설은 자금 유동성 위기에 처했다. 누구의 계략인지 알 수는 없지만 진짜 위험한 상태까지 몰고 간 것이다.

―――――――――

7) 지체상금(遲滯償金) : 도급인(건축주)과 수급인(시공업자)이 계약서에 명기된 약정기간 내에 공사를 완공하지 못할 경우 늘어난 기간만큼의 손해를 수급인이 부담하는 것

현수가 없었다면 그들의 계획대로 도산했을지도 모른다.

어쨌거나 저쪽은 이쪽을 고깝게 생각하고, 이쪽은 저쪽을 '개 같은 놈들'이라 여기고 있다.

게다가 저쪽은 이쪽이 어려움을 겪고 있다는 걸 누구보다 잘 알고 있을 것이다. 이런 상황에서 대규모 해외 차관을 건의하면 보나마나 핀잔만 들을 것이다.

하여 신 사장은 고개를 젓는다.

은행을 찾아 대출을 알아보는 것도, 정부에 건의를 하는 것도 해보나마나한 일이라 생각한 것이다.

Chapter 04

조 대리 vs 김 대리

현수는 어깨가 늘어진 신 사장을 찬찬히 살폈다.

2,900년 전쯤에는 활기차고 자신감 넘치는 인물이었다. 그런데 오늘은 왠지 초라해 보인다.

'도로시! 120억 달러 정도는 괜찮지?'

'또 오지랖 넓히시게요?'

'이왕에 주려면 홀딱 벗고 주라는 말이 있어.'

'쳇! 그럼 다 벗으시던가요.'

'에구, 이건 그런 뜻이 아니잖아.'

'알아요, 알아! 근데 오늘은 왜 이렇게 많이 베푸세요? 한 푼도 안 깎으시고.'

'내 회고록을 봐! 내게 천지건설이 어떤 회사였는지.'

천지건설은 현수 덕에 세계 1위 건설사 자리를 거의 100년 간 유지했다. 그 100년은 이실리프 제국이 완전히 자리 잡을 때까지 걸린 시간이다.

어쨌거나 회사는 현수에게 제대로 된 대접을 했다.

한 마디로 기업이 개인에게 의리를 지킨 것이다. 그러니 어려움에 처한 모습을 그냥 봐 넘길 수 없는 것이다.

회사가 아제르바이잔 신행정도시 건설공사를 제대로 수행해 내면 예전처럼 당당해질 것이다.

아울러 해외공사이니 국내의 정치인이나 부패한 공무원들과는 상종하지 않아도 된다.

하여 적극적으로 돕겠다는 마음을 품은 것이다.

'칫! 알아요. 알았어요. 자금은 충분하니 말씀만 하세요.'

'그래! 준비하고 있어.'

도로시와 무언의 대화를 마친 현수는 신 사장에게 시선을 주었다.

"아제르바이잔 신도시 개발 공사에 우리 Y-인베스트먼트에서 투자할 용의가 있습니다."

"네? 저, 정말이요?"

듣던 중 반가운 소리라 눈까지 크게 뜬다.

120억 달러라면 14조 1,090억 원에 해당되는 거금이다. 그렇게 큰돈을 투자한다는데 어찌 놀라지 않겠는가!

"네! 천지건설에 수주 의사가 있다면 투자하죠. 다만 자세한 내용은 저희 변호사와 상의하셔야 할 겁니다."

"그야, 당연히 그렇죠!"

투자 회사이니 수익률 등을 깐깐하게 따질 것이다.

하지만 발생된 수익을 Y-인베스트먼트와 천지건설이 어떻게 나눌 건지 협의만 잘하면 될 일이다.

그보다 더 중요한 것은 놀고 있던 인력까지 몽땅 현장에 투입할 일감이 생긴다는 것이다.

아울러 아제르바이잔이라는 미지의 나라로 진출할 교두보가 확보된다. 운이 좋다면 다른 공사를 수주할 수도 있고, 그곳을 거점으로 인근 국가로 진출할 수도 있을 것이다.

그야말로 꿩 먹고 알도 먹는 상황이 된다. 물론 아제르바이잔 공사를 수주했을 때의 일이다.

"잠시만요!"

양해를 구한 신 사장은 해외영업부 등에 아제르바이잔 신도시 건설공사를 적극적으로 검토해 보라는 지시를 내렸다.

"신 사장님! 아제르바이잔 정부가 대규모 석유화학단지 건설을 검토했었는데 혹시 아시는지요."

"네? 다시 한번 말씀해 주십시오."

"제가 알기론 172억 달러 정도 되는 대규모 석유화학단지 조성공사가 계획되었어요. 그게 어떻게 되었는지 알아보시라고 말씀드렸습니다."

본인이 없었으니 어쩌면 이 공사도 이루어지지 않은 상태일 지 모른다는 생각에서 한 말이다.

"네! 근데, 그런 걸 어떻게 아십니까?"

국내 언론엔 단 한 글자도 보도되지 않는 내용을 너무도 잘 아는 듯해서 물은 말이다.

"저희 회사엔 정보를 취급하는 부서가 따로 있습니다."

"아! 그렇군요."

"그 공사 역시 차관을 요구할 겁니다. 총 공사비의 40% 정 도 되는 70억 달러 정도 될 겁니다."

"에휴~!"

신 사장은 또 한숨이다.

직원들 급여도 지급 못 한 게 지난달이다.

그런데 8조 2,302억 5,000만 원정도 되는 차관을 이야기하 니 저도 모르게 한숨을 쉰 것이다.

"참! 니야지 사파로프 차관 또는 샤빈 무스타파예프 경제 개발부 장관과 이야기하실 때 제공된 차관의 상환은 원유와 천연가스로 달라고 하십시오."

"……! 그건 왜죠?"

돈으로 받는 게 제일 깔끔하기에 물은 말이다.

"저희 회사 정보팀에서 조만간 원유와 천연가스의 가격이 상승할 거라는 전망을 내놓았거든요."

"그런가요?"

그거 신빙성 있느냐는 의미의 심드렁한 물음이다.

"정확히는 현재의 가격에서 약간 떨어졌다가 1년 후부터 크게 상승할 거라는 전망입니다."

"헐! 그런 것도 예측 가능한가 보죠?"

삼성그룹 정보팀도 이 정도는 아닐 것이라는 생각이 기저에 깔린 대꾸였다. 믿을 수 없는 추측이라 생각한 것이다.

"저희 정보팀 인력만 약 1,200명입니다. 그리고 슈퍼컴퓨터도 있다면 믿으시겠습니까?"

"……!"

신 사장은 입을 딱 벌렸다. 일개 투자 회사치곤 너무 대단하다 생각한 것이다.

뻥이긴 하지만 근거 없는 거짓말인 것은 아니다.

도로시는 현존 최고의 슈퍼컴퓨터 '타이후라이트' 보다 340배나 더 뛰어난 능력이 있다. 아울러 지구에서 가장 유능한 정보원 1억 2,000만 명의 수집 능력까지 갖추고 있다.

곧이곧대로 말해봐야 믿지 않을 것이다.

이 세상에 그런 기업이 있을 것이라고 생각하지 않을 것이기 때문이다.

그런데 120명은 조금 적은 것 같고, 1만 2,000명은 너무 많은 듯하다. 그래서 적당히 1,200명이라 한 것이다.

신 사장이 놀라든 말든 현수의 말이 이어진다.

"따라서 현재의 가격으로 고정시키시면 처음엔 천지건설이 손해를 보겠지만 결국엔 더 큰 이득을 얻으실 겁니다."

"그런가요?"

다소 떨떠름한 반응이다.

"원유와 가스는 어차피 수입해야 하는 거잖아요. 미래 전망은 천지정유에 문의해 보셔도 될 겁니다."

유가에 민감할 수밖에 없는 기업까지 등장했다. 믿으라는 뜻이다.

"감사합니다! 좋은 정보 주셔서."

신 사장은 진심으로 감사함을 눈빛으로 표현했다. 현수를 바라보는 시선에 하트가 실려 있었던 것이다.

"유화단지 건설은 경제개발부가 아닌 천연환경자원부 관할입니다. 주무장관의 이름은 후세인굴루 바기로프일 겁니다. 그쪽에 선을 대보십시오."

"……!"

갈수록 태산, 점입가경이라는 말이 있다.

지금의 현수가 딱 그러하다.

평범한 통역사인 줄 알았는데 연예기획사 대표라 했다.

그러곤 엄청난 돈을 주무르는 투자회사 사장이라 했는데 지금은 정보 사냥꾼인 듯하다.

물론 확인해 봐야 할 일이긴 하다.

"2013년 12월에 서울 메리어트 호텔에서 '제3차 국제에너지 협력 심포지엄'이 개최된 바 있습니다."

"……!"

신 사장은 대체 무슨 이야기를 하려는 건가 하는 표정으로 현수를 바라본다.

"대한민국 외교부와 산업통상자원부의 공동작업이었죠. 이때 아제르바이잔 석유 공사 과장인 자한지르 아디고자로브라는 인물이 의제 발표를 한 바 있습니다. 그의 연락처를 찾아 접촉해 보는 걸 권해 드립니다."

"헐! 이런 것도 슈퍼컴퓨터가 알려주나요?"

정말 놀랐는지 눈이 똥그랗다.

"아뇨! 이건 저희 정보팀 보고서에 있던 내용입니다. 그의 예전 연락처는 저희에게 있지만 현재는 바뀌었다고 하니 그건 천지건설에서 직접 알아보십시오."

"끄응……!"

남들은 이런 정보력을 바탕으로 사업을 하는데 천지건설은 대체 뭔가 하는 자괴감에 내뱉은 침음이다.

"아제르바이잔은 1992년에 구소련으로부터 독립한 공화국입니다. 석유와 가스가 많은 자원부국이기도 하……."

잠시 현수의 설명이 이어졌다. 다음이 그 내용이다.

아제르바이잔의 인구는 1,000만 명이 되지 못하지만 영토는 86,600㎢이나 된다. 인구 밀도는 1㎢당 91명이다.

참고로, 대한민국의 면적은 99,720㎢이고, 인구 밀도는 1㎢당

491명이다. 한국이 5.4배 정도 더 빡빡하다.

일함 알리예프 대통령은 2012년에 '서울 핵안보정상회의'에 참석하기 위해 김포공항을 통해 입국한 바 있다.

현재는 '에너지 부문'이 수출의 95%, GDP의 50%, 재정수입의 60%를 차지할 만큼 산업구조가 편중되어 있다.

따라서 국제유가 변동에 취약성을 안고 있고, 유가가 하락하면 향후 경제전망이 어둡다.

국제신용평사가 중 피치가 정한 등급은 BB+이다.

"아까도 말씀드렸지만 국제 유가는 일시적 하락 후 당분간 상승할 겁니다. 차관 대신 받는 원유와 가스를 어찌할 것인지 그룹 차원에서 검토하시길 권합니다."

유가가 상승한다는 것은 아제르바이잔의 경제전망이 밝다는 의미이다. 공사비 걱정 말라는 뜻의 설명이었다.

"……! 정말 감사합니다. 천지건설뿐만 아니라 천지그룹 계열사에게도 큰 도움이 될 말씀이었습니다."

"도움이 된다니 다행입니다. 그나저나 조 대리님과 김 대리님 모두 안 오시네요."

"잠시만요! 확인해 보겠습니다."

신 사장이 상담실 밖으로 나가다 기다렸다는 듯 도로시가 좋알거린다.

'폐하! 조인경 님과 김지윤 님 모두 유전적 결함이 없어요.

뇌의 혈액 흐름과 시냅스 신호를 감지해 보니 IQ가 최소 146은 넘는 걸로 분석되었어요. 두 분 다 황후로서…….'

이실리프 제국 초대 황제의 황후 자리는 완전한 공석이다.

혼자 계시면 적적하실 거라면서 신하들이 계속해서 '새 황후를 맞이하시라' 는 상소를 올렸다. 아마 100만 번 이상 보았을 것이다. 현수는 이를 계속해서 거절했다.

나이 차가 어마어마하기에 새 황후가 될 여인에게 못 할 짓이라는 생각이 들어서이다.

아무튼 하루에 최소 두 번은 들어 귀에 딱지가 앉을 지경이라 생각하던 말이 '새 황후를 맞이하라' 는 것이었다.

이곳에 온 이후론 그런 게 없어서 좋다고 생각했는데 이번엔 도로시가 뭐라고 한다. 더 이상 듣고 싶지 않다.

'도로시, 쉿! 묵음모드로 있어.'

'……! 칫, 미워요.'

'어쭈? 묵음모드로 있으라고 했다.'

'한 마디만 더 하면 안 돼요?'

'응! 안 돼. 그러니까 묵음모드 유지해.'

'쳇……!'

똑, 똑, 똑―!

"김지윤입니다. 들어가도 될까요?"

"어! 어서 들어오게."

신 사장의 반응이었다.

"네, 사장님."

문이 열리고 김지윤 대리가 들어선다.

아까보다 훨씬 생동감 있는 모습이다. 그녀의 품에는 유니콘 아일랜드 148채와 관련된 등기서류들이 들려 있다.

"바쁘신 모양이니 얼른 설명드리게."

"네, 사장님!"

지윤은 이번에도 현수의 바로 곁에 앉았다.

숨소리가 들리고, 체취가 느껴질 정도로 가깝게 앉았다. 왠지 불편했지만 내색은 하지 않았다.

지윤은 분양계약서 목록의 순서대로 등기서류들을 정리했다. 급하게 챙겨오느라 서류가 뒤죽박죽 섞여서 잠시 버벅거리긴 했지만 뛰어난 두뇌의 소유자답게 금방 잘 정렬한다.

"이건 저희 회사 인감증명서입니다. 근데 명의는 어떻게 하실 건지요?"

C—17은 지현에게 B—22는 연희에게 주기로 마음먹었다. 나머지 것들 중 일부는 인연이 닿았던 사람과 다시 만나게 되면 기회를 보아 줄 생각이다.

그러니 몽땅 Y—인베스트먼트 명의로 등기를 해놓으면 등기 비용이 이중으로 들게 된다.

"아! 그건 차차 결정해도 되는 거죠?"

현수는 신 사장에게 시선을 돌렸다.

"그럼요! 그럼요! 편할 때 하시면 됩니다. 다만 3개월이 지나면 인감증명서를 다시 달라고 하십시오."

등기 신청서에 첨부하는 인감증명서는 발행일로부터 3개월 이내여야 한다는 부동산등기 규칙이 있기 때문이다.

"혹시라도 세금을 내야 하는 상황이 되면 제가 부담하겠습니다. 그러니 확인서 하나만 써주시죠."

당장 등기이전을 하지 않을 것도 있다는 뜻이다.

"네, 잠시만 기다려주십시오. 김 대리! 들었지? 유니콘 아일랜드의 잔금이 모두 치러졌다는 확인서와 시간을 두고 등기이전을 해도 좋다는 내용을 담은 문서를 출력해 오게."

비서실에 시켜서 할 일이다. 그럼에도 김지윤에게 지시한 것은 전후 상황을 가장 잘 알기 때문이다.

"네, 알겠습니다."

지윤이 상담실 밖으로 나가자 조인경 대리가 들어선다.

"이건 토지매매계약서이고, 이건 등기서류, 그리고 이건 인감증명서입니다. 여기, 여기에 사인하시면 됩니다."

"이것도 등기이전을 뒤로 미루실 건지요?"

"네, 잠시 말미를 둬야 할 듯하네요."

"조 대리! 방금 나간 김 대리한테 같은 내용이니까 서류 하나 더 만들라고 하게."

"네, 알겠습니다."

뭔 내용인지 정확히 파악하진 못했지만 김 대리에게 물어보면 될 일이다. 하여 상담실 문손잡이를 돌리려는데 신 사장의 말이 이어진다.

"조 대리! 까먹고 말을 안 했는데 양평 땅 말이네."

"네! 사장님."

"그거 처분된 거 자네 실적이네."

"네……? 그게 무슨 말씀… 이신지요?"

화들짝 놀라며 돌아서는 모습이 눈부셨다. 눈은 동그랗게 떴고, 입술은 살짝 벌어져 있다.

"여기 계신 하인스 킴 사장님이 자네 실적으로 잡으라고 하셨네. 아까 엘리베이터 홀에서 처음 만났다며?"

"네? 아, 네에."

"그 짧은 시간에 어떻게……? 자네에게 사람 홀리는 재주가 있는지 정말 몰랐어. 아무튼 그때 친절히 대한 공이라 하시니 인사드리게."

"아……! 감사합니다."

*   *   *

사장의 지시니 꾸벅 고개를 숙인다. 근데 뭐가 어떻게 된 건지 몰라서인지 다소 뻣뻣하다.

이를 보고 어찌 한 마디 안 할 수 있겠는가!

"쯧쯧! 어제 결재 올렸던 거 내용을 못 본 겐가?"

"어제요? 어제는 월차라 제가 자리를 비웠습니다."

"아! 그렇군. 맞아, 월차였어. 그런데 그렇게 되었군. 알았어. 김 대리에게 이야기하고 곧바로 내 책상 위의 결재서류들 관련부서로 내려 보내게."

"네! 사장님."

조인경 대리가 나가자 신 사장이 싱긋 웃음 짓는다.

"조 대리도 환호성을 지를까요?"

아까 김지윤이 타잔 내연녀 흉내를 낸 것을 빗댄 말이다.

"저 같으면 지릅니다."

"하하! 하하하!"

"후후후!"

신 사장과 현수 모두 웃음 지었다.

잠시 후, 사장실 책상 위의 서류들을 챙기던 조인경 대리는 양평 땅 처분에 결정적 공을 세운 직원에게 1%의 포상금을 지급한다는 기안 내용을 보게 되었다.

"어? 이게 뭐지. 응? 1%나……? 그럼 얼마지? 1,437억 원이니까 1%면…. 꺄아아아아아악~!"

늘 조신하던 조인경의 입에서 '시조새' 울음소리가 터져 나온다. '타잔 내연녀'의 그것과 막상막하를 이룰 괴성이다.

아무것도 한 일이 없건만 포상금이 무려 14억 3,700만 원이 된다니 환호성이 터져 나온 것이다.

조금 전 등기서류를 챙길 때만 해도 김지윤 대리를 무척 부러워했다.

그녀는 포상금으로 무려 77억 4,000만 원이나 받게 된다.

게다가 회사의 골칫덩이를 단숨에 치웠으니 과장으로 진급할 확률이 거의 100%이다.

어쩌면 차장 자리까지 바라볼 수도 있을 것이다.

그만큼 이번 자금 유동성 위기가 심각했다. 어쩌면 도산할지도 모른다는 술렁임도 있었다.

그런 위기를 단숨에 건져내는 큰 공을 세웠으니 회사에서 그만한 보답을 할 것이다. 천지건설은 직원들의 공과에 대한 상벌이 확실한 기업이기 때문이다.

포상금뿐만이 아니다.

천지건설은 대리에서 과장으로 승진하면 연봉이 1,200만 원 정도 늘어난다. 차장으로 올라간다면 단숨에 2,400만 원쯤 늘어나게 될 것이다. 월 100~200만 원이 는다.

같은 직장인으로서 어찌 안 부럽겠는가!

직장인들에게 회사를 다니는 목적을 물어보면 '성취감을 느끼기 위해서' 또는 '회사의 발전을 위해서'라고 말하겠지만 이는 100% 뻥이다.

실제론 '쥐꼬리 같은 월급을 위해서'이다.

자신이야 사장 비서실 소속이니 상사들로부터 더럽고 치사한 꼴을 덜 보지만 타 부서 직원들은 늘 가슴에 사직서를 품고 다닐 것이다.

그걸 과감하게 내던지지 못하는 이유는 쥐꼬리만 한 월급 때문이다. 그리고 나가도 별 볼일 없으니 못 내미는 것이다.

조 대리라 하여 크게 다를 바 없다.

지금껏 큰 고생 없이 살기는 했지만 늘 돈이 부족했다.

명품백이나 비싼 의복을 사들여서가 아니다. 하나뿐인 부친이 요양 병원에 입원해 있기 때문이다.

1년쯤 전에 교통사고를 당하셨는데 엉치뼈가 으스러지고, 머리까지 크게 다쳤다.

즉사했어도 이상하지 않았을 만큼 큰 부상이지만 아직 살아계시고, 뺑소니사고라 아직 가해자를 특정하지 못하였다.

하필이면 CCTV도 없는 곳이었고, 목격자조차 없어 피해보상을 받을 길이 막막했다.

다행히 '뺑소니사고 피해보상법'이 있어 국가에서 이미 2,000만 원을 사회보장제도로 지급해준 게 있었다. 이것은 이미 병원비로 모두 사용되었고, 이외에도 많은 비용이 들고 있다.

현재는 제대로 말도 못하고, 운신조차 여의치 않아 늘 돌봐줄 사람이 필요한 상황이다.

어머니가 계셨다면 좋으련만 3년 전에 작고하셨다.

부친은 독자이고, 조인경도 무남독녀이다.

그러니 본인이 돌봐 드려야 하는데 회사를 그만둘 수 없다.

그러면 병원비와 간병비를 감당할 수 없는 때문이다.

아침저녁으로 병원을 찾아가고, 주말과 휴일엔 하루 종일 붙어서 수발들며 말동무를 해드린다.

그래서 쌓인 피로가 풀리지 않고 있다.

본인의 사생활은 완전히 사라졌다.

친구들을 만날 시간과 돈도 없으니 연애는 상상조차 못할 일이 되었다. 그럼에도 뭇 사내들이 계속 지분거린다.

탤런트 한가인 뺨칠 정도로 아름답고, 조신하며, 서울대학교를 졸업한 재원이니 가만 놔두는 것이 오히려 이상하다.

아무튼 남의 사정도 모르고 계속해서 추파를 던지는 사내들 때문에 정신적으로도 몹시 피곤한 나날을 보내는 중이다.

이 와중에 회사가 어려움에 처했다.

받을 돈을 못 받게 되어 발생한 어려움이다. 나중에라도 받을 수 있을지 여부조차 불투명한 상태이다.

회사가 흔들리는 조짐을 보이자 몇몇이 명예퇴직신청을 했다. 참 약삭빠른 인간들이다.

어쨌거나 상당수가 퇴직했지만 상황은 별반 달라지지 않았다. 하여 각 부서장에게 명퇴 대상자를 선정해서 보고하라는 지시가 내려갔다. 몸집 줄이기에 나서려는 것이다.

인경은 마음이 매우 불편했다. 평생 몸담을 것이라 생각했던 직장이 흔들리는 모습을 보니 불안했던 것이다.

하여 몸과 마음 모두 피곤한 나날을 보내고 있다.

그런데 그 모든 어려움이 한 방에 해결된 듯하다. 게다가 예상치 못했던 거액의 포상금까지 받게 되었다.

이제 24시간 케어가 가능한 간병인을 고용할 수 있고, 몸에 좋은 음식도 얼마든지 잡숫게 해드릴 수 있게 되었다.

뿐만 아니라 비싼 약값도 충분히 감당할 능력이 생겼다. 당연히 환호성이 터져 나온다.

"꺄아아아악~!"

9층 인력개발실 실장이 결재판을 들고 사장실로 다가오려다 움직임을 멈춘다. 기이한 괴성이 들려서이다.

이제는 멸종해버린 시조새의 울음소리 같다 생각했다.

'뭐지? 아까도 이상한 소릴 들었는데. 그 미친년이 이리로 온 건가? 뭐지? 조금 오싹하네. 안 되겠다. 결재는 이따가.'

대머리가 살짝 벗겨진 인력개발실장이 엘리베이터 홀로 되돌아갈 때 다시 한번 시조새가 울었다.

"꺄아아아아악~!"

        *   *   *

김지윤 대리는 모니터에 시선을 둔 채 키보드를 두드리는 중이다. 유니콘 아일랜드 148채의 분양대금이 전액 치러졌으므로 나중에 등기해도 된다는 확인서를 작성하는 중이다.

양평 땅도 그렇게 한다니 일부 내용만 바꾼 서류 두 장만 만들면 된다.

작업하는 내내 김 대리의 입엔 웃음이 배어 있었다.

지난 주말, 김지윤은 영어 공부를 하고 있었다.

명예퇴직 대상자 명단에 이름이 올랐다는 소리를 들은 이후 계속 좌불안석이었다. 언제 잘릴지 알 수 없기 때문이다.

너무도 심란하여 아무것도 손에 잡히지 않았지만 계속 그럴 수는 없다. 하여 뭔가 매달릴 것을 찾다가 예전에 공부했던 토익책을 뽑아 들었던 것이다.

김지윤 대리에게 특기를 물어보면 '공부'라고 대답한다. 취미가 뭐냐고 물으면 '공부'라고 한다.

그럼, 공부를 하다 쉬는 시간이 생기면 무얼 하느냐고 물어보면 '다른 과목 공부'라고 대답한다.

가장 잘하는 것이 뭐냐고 물어보면 또 '공부'라고 한다. 그 결과 수능 상위 0.0001%에 들었다.

60만 명 중 5등이다. OMR카드에 마킹 실수를 하지 않았다면 만점을 받았을 것이다.

아무튼 지윤은 금방 공부 삼매경에 빠져들었다.

그러다 문득 요의가 느껴져 화장실을 가려는데 이상한 소리가 들린다. 하여 방문을 열고 소리의 근원을 찾았다.

세탁기에서 다 된 빨래를 꺼내며 널고 있는 엄마의 입에서 나는 한숨 소리였다.

"휴우~! 이제 어떻게 살지? 휴우~!"

"엄마! 왜? 무슨 고민 있어요?"

이 말을 시작으로 엄마의 한탄이 시작되었다.

갑작스레 아빠의 사업이 어려워져서 살고 있던 아파트를 비워줘야 할지도 모른다는 내용이다.

그러곤 이렇게 말씀하셨다.

"얘! 너, 혹시 결혼자금 모아놓은 거 있으면 빌려줄 수 있겠니? 나중에 아빠 일 잘되면 다 갚아줄게."

회사에서 잘리면 한동안은 버틸 힘이 될 것이라 생각했던 돈이지만 두 말 않고 통장과 도장을 건넸다.

자신을 키우느라 들어간 돈이 한두 푼이 아님을 너무도 잘 알기 때문이다. 그러면서 이런 생각을 했다.

'결혼은 안 해도 되는 거야. 누가 그랬잖아? 결혼은 해도 후회하고, 안 해도 후회한다고… 그럼, 나는 안 하고 후회할 거야. 결혼! 그까짓 건 안 해도 되는 거라고.'

몇 주 전, 고등학교 때 친구가 결혼했다.

예쁜 웨딩드레스를 입고 곱게 신부화장까지 한 그 친구를 보며 문득 난 뭘 했나 하는 생각을 해보았다.

친구는 지난 수년간 이놈저놈 만나며 신나는 청춘을 보냈다. 하여 조금 헤픈 거 아닌가 하는 말도 있었다.

일주일에 한두 번은 꼭 클럽에 가서 몸을 흔들었고, 가끔은

원 나이트도 즐기는 모양이니 그런 말이 나올 만하다.

신랑은 일류대학을 졸업했고, 번듯한 직장을 다니다 열심히 공부하여 변호사가 된 사람이다.

인물과 체격 모두 좋고, 성품도 괜찮은 것 같다. 시부모들도 교양 있어 보였다.

신접살림은 새로 지은 45평짜리 아파트에서 시작하는데 모든 비용을 시가에서 줬다고 자랑했다. 친구네 부모는 그만한 돈을 보탤 능력이 없으니 당연한 일이다.

친구는 혼수로 준비한 아이만 출산하면 매일매일 수영장과 헬스클럽을 다니며 몸매를 가꾸고, 일주일에 한 번은 백화점 쇼핑하는 삶을 살 거라고 하며 마냥 행복해했다.

지윤은 자신보다 미모, 몸매, 그리고 학벌 모두 떨어지는 친구의 웃는 얼굴을 볼 때 이상스러운 자괴감을 느꼈다.

지금껏 이성 친구를 가져본 적이 없다.

대학입시 때문에, 그리고 입사시험 때문에 늘 공부만 하는 삶을 살았다. 입사 후에도 혹시 남들보다 뒤처지지 않나 싶어 하여 매일 공부만 했다.

회사에선 많은 사내들이 대쉬했지만 모두 거절하고 오로지 일에만 몰두했다. 덕분에 동기보다 일찍 대리가 되었다.

재벌그룹 계열사라 중소기업보다 많은 월급을 받아서 조금씩 돈 모으는 재미가 있었다.

친구가 입주한다는 아파트 값을 모으려면 한참 멀었지만

그래도 상당한 액수가 되었다.

그걸 잘 불려서 멋진 신혼생활을 하리라 꿈꾸었다.

어느 날은 화장대 앞에 앉아 이런 생각을 했다.

'호호! 누군지 모르지만 날 데려가는 사내는 정말 복 받은 거야. 착하고, 예쁘고, 몸매 좋고, 똑똑하고, 정신 건강한 신부와 결혼하는 거니까. 그치?'

지윤의 생각은 전혀 과장되지 않았다.

실제로 예쁘고, 늘씬하며, 올바른 가치관을 가졌다.

업무능력을 인정받고 있으니 시간만 지나면 과장, 차장, 부장으로 쭉쭉 승진할 것이다.

그런데 회사가 어려워져 잘리게 생겼고, 모아놓았던 돈은 몽땅 아빠 사업에 들이밀어야 하는 상황으로 바뀌었다.

조만간 아무것도 없는 삶이 될지도 모른다는 불안감이 엄습했다. 그러자 세상이 어두컴컴하다 느꼈다. 갑자기 미래가 사라진 듯하여 너무도 우울했다.

엄마에겐 회사가 어려워져서 곧 잘릴지도 모른다는 말을 할 수 없었다. 그런 줄 모르는 엄마는 당분간 니 월급으로 생활해야 할 것 같다며 몹시 미안해했다.

그러면서 이렇게 말씀하셨다.

"니가 천지건설에 다녀서 참 다행이야."

속사정을 모르는 소리였지만 지윤은 흔쾌히 고개를 끄덕여 드렸다. 속상해하는 엄마에게 또 다른 근심거리를 얹어주고 싶지 않았던 것이다.

'잘리면 그때 말할게 엄마! 미안해.'

지윤은 다시 방으로 들어가 공부 삼매경에 빠졌다. 그러는 동안엔 걱정거리가 떠오르지 않기 때문이다.

Chapter 05
—
포상금을 지급함

　어제는 화요일이었다. 지윤은 월요일에 이어 이틀간 제대로 된 식사를 못 할 만큼 입맛이 깔깔했다.

　병에 걸린 게 아니라 근심과 걱정 때문이었다. 그러던 차에 모르는 사람으로부터 전화가 걸려왔다.

　회사의 골칫덩이인 유니콘 아일랜드를 매입하겠다면서 내일 방문하겠다는 내용이었다.

　그 즉시 회사의 공고문을 뒤져보았다. 지나치다 얼핏 보았던 내용이 분명히 있다.

《 천지건설 2015—10—21 》

제주 유니콘 아일랜드를 분양하는 사원에겐 분양가의 1%를, 소속 부서엔 0.5%의 포상금을 지급함.

포상금은 분양대금 중 30% 이상 입금되었을 때 지급함.

2015년 10월 4일
대표이사 신형섭

이것이 처음 공고되었을 때엔 관심 없이 지나쳤다.

부모는 물론이고 일가친척 중 어느 누구도 이것을 사들일 만한 재력이 없다는 걸 잘 알기 때문이다.

그럼에도 이런 공고가 있었다는 걸 기억하는 건 한때 이걸 분양해 보려고 직원들이 인맥을 총동원했기 때문이다.

작년 10월에 공고되었고, 연말쯤 딱 1채가 분양되었다.

53억 원짜리였는데 분양에 공을 사원에겐 5,300만 원이, 소속 부서엔 2,650만 원이 지급되었다.

그 부서엔 21명이 근무했다. 분양자를 뺀 나머지 20명이 각각 132만 5,000원씩 나눠 가졌다.

개발사업부와 같은 층이었기에 다들 부러워했다. 연말 보너스가 없었으니 상대적 박탈감까지 느껴야 했다.

아무튼 지윤은 잽싸게 유니콘 아일랜드의 분양가를 확인했다. 가장 저렴한 A―01은 32억 원이고, 제일 비싼 C―17은 무려 72억 원이다.

분양되기만 하면 3,200~7,200만 원을 손에 거머쥐게 된다. 포상금에 대한 세금을 원천징수하겠지만 그건 나중에 생각할 일이다.

지윤이 속한 개발사업부의 총 인원은 17명이다.

이중 8명이 명예퇴직대상자 명단에 올라갔단 소문이 돌았다. 부서장을 빼고 1팀 8명, 2팀 8명인데 한 팀을 없앤다는 것이다.

그룹 총괄회장의 지시를 받아 유니콘 아일랜드를 기획했다. 그런데 너무 고가의 상품을 기획하여 결과적으로 회사에 큰 손해를 입혔으니 50%를 자르겠다는 소리이다.

당연히 사기가 저하되었다. 직원들은 억울해하면서도 체념했다. 창사 이래 처음으로 급여를 지급하지 못할 정도로 실적이 좋지 않은데 한몫했다는 자괴감 때문이다.

하여 언제 잘릴지 모르니 퇴근 후에 뭉치자는 이야기가 나왔다. 그런 상황에서 지윤이 전화를 받았다.

직원들은 지윤은 빼고 술집으로 향했다. 분양에 성공하면 잘리지 않을 것이라 생각하고 간 것이다.

지윤은 어젯밤에 잠을 이룰 수가 없었다.

어쩌면 잘리지 않을 수 있을 뿐만 아니라 상당히 큰돈이 생길지도 모르기 때문이다.

아침 일찍 일어나 미용실로 가서 머리 손질을 하고, 화장까지 받았다. 거의 신부화장 수준이다.

현수를 처음 본 순간엔 실망하지 않을 수 없었다. 이제 겨우 25세 정도로 보이는 청년이었던 때문이다.

가장 저렴한 것이 32억 원이다.

연봉 5,000만 원인 직장인이 한 푼도 안 쓰고 장장 64년이나 모아야 할 만큼 거금이다. 정상적으로 살았다면 그런 걸 사들일 만큼 큰돈이 있을 수 없는 나이이다.

게다가 하인스 킴이라는 외국인 성명을 댔다.

이거 혹시 사기 아닌가 하는 마음이 들었다. 근처에 있던 직원들의 표정도 모두 썩어들어 갔다.

지윤이 분양에 성공하면 1인당 100~225만 원의 포상금을 받게 된다. 그런데 모든 기대가 사라진 듯싶었던 것이다.

어쨌거나 상담실로 자리를 옮겼고, 준비했던 자료들을 보여주며 열심히 설명했다.

그런데 갑자기 C-17의 후원 수도관 이야기를 한다. 그러곤 이렇게 말하였다.

"미분양분 148채 전부 사겠다고요."

"네에? 저, 정말요?"

지윤은 너무도 놀라 멍한 표정으로 현수를 바라보았다. 상상도 못 해본 말이었던 것이다.

이때 현수가 이렇게 말하였다.

"모두 합산해 보니 7,740억 4,300만 원이네요. 우수리는 떼고 7,740억 원에 주실 거죠?"

지윤은 또 한 번 놀랐다. 현수가 과일가게에서 사과 한 상자를 사는 듯한 표정이었던 것이다.

그러곤 또 놀라운 말을 했다.

"계좌번호를 알려주시면 바로 송금할게요."

분양대금 총액은 7,740억 원이다.

통상적인 계약금이 10%이니 774억 원이나 된다. 그런데 별로 생각해보지도 않고 돈을 보낸다고 하였다.

하여 저도 모르게 다음과 같이 말을 했다.

"어머! 아, 아, 아니에요. 죄송해요. 생각지 않았던 일이라 놀라서, 경황이 없어서… 아아! 사랑해요. 진짜 사랑해요."

말을 해놓고 보니 너무도 민망했다. 모르긴 몰라도 얼굴이 새빨개졌을 것이다.

그다음엔 뭐가 어떻게 되었는지 모르는 상황에서 대화가 오갔고, 일들이 진행되었다.

현재는 등기 시기를 늦춰도 좋다는 확인서를 만들고 있다.

'정말 회사에서 나한테 77억 4,000만 원을 줄까? 여기서 세금을 떼면 얼마나 될까?'

갑자기 소득 세율이 얼마나 되는지 궁금해졌다. 하여 하던 문서작업을 멈추고 근로 소득세율을 검색했다.

1억 5,000만 원을 초과하면 38%라고 나온다.

'뭐야? 왜 이렇게 많아? 씨잉! 나라에서 나한테 해준 게 뭐

가 있다고 세금을 29억 4,120만 원이나 떼어 가?'

어쨌거나 세금을 뗀 나머지 액수는 47억 9,880만 원이다.

여기에 120만 원만 보태면 48억 원이다. 연봉 6,000만 원인 직장인이 80년 동안 벌어야 할 엄청난 거금이다.

'이 돈이면 아빠의 어려움이 해소되겠지? 나도 안 잘리고. 히히! 조으다. 증말로 조으다.'

지윤은 신나는 마음으로 문서작업을 이어갔다. 그런데 계속 잡생각이 든다.

'그나저나 나도 이제 시집가도 되는 거지? 근데 나는 어떤 사람과 결혼하게 될까?'

매수인 항목에 'Heins Kim'이라 입력하면서 확인해보니 85년 9월 28일 생이다.

"어라! 나보다 나이가 많으시네? 스물다섯쯤인 줄 알았는데. 엄청 동안이야."

김지윤은 현수보다 세 살이 어린 스물여덟이다. 그렇기에 동생쯤으로 알았는데 생각보다 훨씬 나이가 많다.

'하인스 킴 같은 사람이 내 신랑이 되었음 좋겠다. 세 살 차이면 궁합도 안 본다는데. 호호호!'

'나이도 딱 좋고, 키 크고, 잘생겼고, 돈도 엄청 많고 ….'

'쩝~! 잡생각 말고 일이나 하자. 나 같은 게 어떻게 ….'

'아냐! 내가 어때서? 예쁘고, 똑똑하고, 몸매 좋잖아. 근데 그래도 안 되겠지? 이렇게 부자인 사람이 날 왜… 쩝~!'

지윤은 계속해서 발생하는 오타를 보며 생각을 접었다.

괜한 자격지심(自激之心)과 언감생심(焉敢生心)이라는 생각이 들어서이다.

어렵사리 문서작업을 마친 지윤은 오타 유무를 확인한 후 결재판에 넣어 상담실로 향했다.

*　　　　*　　　　*

2016년 4월 1일 아침, 천지건설 로비에 많은 사람들이 모여서 웅성댄다. 모두 출근하던 직원들이다. 이들의 시선은 엘리베이터 홀 앞쪽 벽에 붙은 게시물에 쏠려 있다.

《 천지건설 2016—04—01 》
— 전 사원 공지 —

제주도에 소재한 유니콘 아일랜드 및 양평 소재 비사업용 토지 일괄 매각으로 당사가 겪고 있던 유동성 위기가 말끔히 해소되었음을 모든 사원들에게 알립니다.

미지급 급여와 밀린 자재 대금, 그리고 하청업체 기성고는 1~2일 내로 전액 지급 될 것입니다.

아울러 그간 진행되었던 명예퇴직 신청을 이 시간부로 중단함을 고지합니다. 마음고생이 있었을 사원들에게 심심한 위로와 더불어 마음으로부터 우러난 사과를 드립니다.

2016년 4월 1일

대표이사 신형섭

전지 크기로 인쇄된 공지문을 보는 사원들 중 상당수가 가슴을 쓸어내린다. 혹시라도 명퇴자 명단이 붙어 있을까 싶어 두근거리는 마음으로 다가왔던 것이다.

대형 공지문 옆에는 A3 사이즈의 공고문들이 붙어 있다.

《 천지건설 2016—04—02 》

— 인사 명령 —

소속 : 개발사업부

직위 : 대리

성명 : 김지윤

위의 사원을 '차장'으로 승진 임명 함.

제주도 유니콘 아일랜드 분양에 결정적이고 혁혁한 공을 세워 사규에 따라 2계급 승진을 명함.

2016년 4월 1일

인사부장 최명헌

이것의 바로 곁에 또 다른 인사 명령이 게시되어 있다.

《 천지건설 2016—04—03 》
― 인사 명령 ―

소속 : 대표이사 비서실
직위 : 대리
성명 : 조인경

위의 사원을 '과장'으로 승진 임명함.
양평 비사업용 토지 매각에 결정적이고 혁혁한 공을 세워
사규에 따라 1계급 승진을 명함.

2016년 4월 1일
인사부장 최명헌

인사명령을 알리는 게시물 아래에 또 다른 게시물들이 붙
어 있다.

《 천지건설 2016—04—04 》

− 포상금 지급 공지 −

소속 : 개발사업부
직위 : 차장
성명 : 김지윤

천지건설 2015−10−21 공고문에 따라 제주도 유니콘 아일
랜드 매각대금의 1%를 포상금으로 지급한다. 아울러 소속 부
서에 0.5%의 포상금을 지급한다.
부서장이 분배율을 자금부로 고지하는 즉시 급여계좌로 송
금될 예정임.

2016년 4월 1일
대표이사 신형섭

이것의 바로 곁에 또 다른 포상금 지급 공지가 붙어 있다.

《 천지건설 2016−04−05 》
− 포상금 지급 공지 −

소속 : 대표이사 비서실
직위 : 과장

성명 : 조인경

천지건설 2016—03—17 공고문에 따라 양평 소재 비사업용 토지 매각대금의 1%를 포상금으로 지급한다. 아울러 소속 부서에 0.5%의 포상금을 지급한다.

부서장이 분배율을 자금부로 고지하는 즉시 급여 계좌로 송금될 예정임.

2016년 4월 1일
대표이사 신형섭

"와아아! 만세, 만세, 만세!"

환호성을 터뜨린 사내는 개발사업부 소속이다.

화요일에 있었던 술자리에서 혹시라도 포상금을 받게 되면 N분의 1씩 나누기로 합의한 바 있다.

포상금 38억 7,000만 원을 김지윤을 제외한 16명이 나누게 되면 1인당 2억 4,187만 5,000원이다.

생각지도 못하던 거액의 공돈이다. 어찌 기쁘지 않겠는가!

게다가 총인원의 50%나 감축된다던 명예퇴직도 없던 일이 된다. 그렇기에 저도 모르게 환호성을 터뜨린 것이다.

같은 순간, 주먹을 불끈 쥐는 사원이 있다.

대표이사 비서실 소속이다.

비서실 현재 인원은 7명이다. 원래는 12명이 있었는데 회사가 어려워지자 5명이나 사직을 했다.

어쨌거나 포상금 총액은 7억 1,850만 원이다. 조인경 과장을 제외한 6명이 1인당 1억 1,975만 원을 받게 된다.

25만 원만 보태면 1억 2,000만 원이다.

개발사업부의 절반 정도지만 그래도 어딘가!

'흐흐! 올 여름 피서는 팔라우나 몰디브로 가야겠군.'

엘리베이터 홀 뒤쪽 흡연실에는 어디론가 전화를 거는 사람이 있다. 개발사업부 부장 이영서이다.

"최 과장? …… 그래, 나야. 잘 지내지? …… 그럼, 그럼! …… 김 대리 알지? …… 그래! 김지윤! …… 그 친구가 이번에 차장으로 진급했어. …… 유니콘 아일랜드를 완판 했거든. …… 그래, 덕분에 유동성 위기는 말끔히 해소된 거지. …… 포상금? 당연히 받지. …… 그래, 1인당 2억 4,187만 5,000원이야. 자네도 있었으면 받았을 텐데. …… 그래! 잘 지내. …… 나중에 술 한잔하자고. 그래, 그래! 이만 끊어."

방금 통화한 최 과장은 개발사업부 소속이었다가 불과 보름 전에 퇴직하고 나가 경쟁사로 자리를 옮겼다.

유능한 인재라 만류했지만 '천지건설에 본인의 미래를 걸수 없다' 면서 매몰차게 거절하고 나갔다.

그럼 남아 있는 사람들은 뭐란 말인가!

하여 마음속에 상당한 앙금이 남아 있었다. 그래서 최 과장에게 전화를 걸어 아침부터 염장을 지른 것이다.

어느 조직이든 새롭게 굴러온 돌이 있으면 박힌 돌들이 경계하는 법이다. 과장급이면 더 큰 알력과 직면하게 된다.

아직 자리를 잡지 못해 마음고생이 심할 거다. 여기에 고춧가루를 확 뿌려 버렸다. 지금쯤 썩은 표정일 것이다.

'뭐? 천지건설에 내 미래를 걸 수 없습니다? 하지만 부장님은 계속 계실 거라고? 그러다 명퇴 당하면 어쩌냐고?'

이영서 부장은 소태 씹은 표정인 최 과장을 상상하며 웃음지었다.

보름만 더 있었어도 공돈 2억 원이 생겼을 것이다.

돈도 날리고 가시방석에 앉은 것 같은 불편함도 느끼고 있을 것이다. 어찌 통쾌하지 않겠는가!

"하하! 하하하!"

역시 '남의 불행은 나의 행복'이다.

*   *   *

또 다른 장소에서 통화하는 인물이 있다. 대표이사 비서실 소속 1년차 사원 최소영이다.

"언니? …… 네, 저예요. …… 그럼 잘 있죠, 언니는요? 아직도요? 곧 좋은 소식 있겠지요. 천지건설의 재원이셨잖아요. …… 네, 네! 참, 소식 들으셨어요? …… 조인경 대리님 승진한 거요. …… 오늘부로 과장이에요. …… 조 대리님, 아니, 조 과장님이 양평 땅을 매각하셨거든요. …… 네, 회사에서 포상금 준대요. …… 조 과장님은 14억 3,700만 원이구요. 우린 1인당 1억 2,000만 원쯤 돼요. …… 호호! 당연히 좋죠. …… 그럼요. …… 일단 명품빽 하나 질러볼까 해요. …… 호호호! 그럼요. …… 네, 잘 지내세요. …… 네, 네!"

통화를 마친 최소영의 입가엔 회심의 미소가 지어져 있다.

방금 언니라 칭한 상대는 천지건설 대표이사 비서실 대리였는데 지난달 초에 그만뒀다.

재직하는 동안 조인경 대리를 시기해서 짜증이 심했다. 그리고 상사로서 아주 얄밉게 굴곤 했다.

퇴직 후 가려던 직장에서 인원충원이 끝나서 와도 자리가 없다고 하는 바람에 졸지에 백수가 되어 빈둥거리고 있다.

아마 속에서 열통이 터질 것이다.

"호호! 쌤통~!"

비서실 여직원은 속이 시원하다는 듯 혀까지 메롱한다.

'진짜로 명품백 하나 장만할까? 아냐, 잘 저축해뒀다가 나중에 결혼할 때 써야지. 호호! 천지건설에 들어오길 정말 잘했어, 호호호!'

'오늘은 엄마 아빠와 외식하자고 해야지.'

'1년 만에 1억 2,000만 원이나 주는 데가 어디 있어?'

이런 저런 생각을 하며 엘리베이터 홀로 걸어가는 걸음은 경쾌하고 리드미컬했다.

그런 그녀의 뒷모습을 훔쳐보는 사내가 있다.

'우리 둘이 결혼하면 포상금만 3억 6,162만 5,000원! 그간 모아놓은 거까지 합치면 아파트 전세금은 충분하겠네.'

김일중은 개발사업부 소속 대리이다. 비서실 최소영을 눈여겨보고 있었는데 부서 파워 때문에 고백하지 못했다.

사장 비서실은 기획실보다도 위상이 높다.

반면 개발사업부는 유니콘 아일랜드와 미분양 아파트들 때문에 개밥에 도토리쯤 되는 존재였다.

같은 회사이지만 일류대학과 삼류대학 같은 서열이 있었던 것이다. 그렇기에 대리지만 사원에게 접근하는 것도 신중해야 했다.

하지만 오늘은 아니다. 개발사업부는 대박을 쳤다. 물론 김지윤 차장의 공이다.

그렇기에 어깨에 힘이 잔뜩 들어가 있는 상황이다.

"저기요!"

김일중은 앞서가는 최소영을 불러 세웠다.

"네? 저요?"

"네! 비서실 최소영 사우시죠?"

최소영은 누군데 본인의 이름을 아느냐는 표정이다.

"네, 그런데요. 누구시죠?"

"아! 저는 개발사업부 대리 김일중이라 합니다."

"네? 개발사업부라고요? 그런데요?"

최소영의 표정은 확연히 누그러져 있었다. 개발사업부라는 다섯 글자 때문이다.

"시간 괜찮으시면 퇴근 후에 차 한 잔 할 수 있을까요?"

"저랑요?"

"네! 그쪽이 마음에 들어서 늘 대화하고 싶었습니다."

"좋아요! 이따 연락하세요. 지금은 얼른 올라가야 해요."

"네에, 그럼 이따 6시 반쯤 '거기'에서 뵙겠습니다."

회사 앞에는 여러 개의 카페들이 있다. 그중 가장 붐비는 카페의 상호가 '거기'이다.

말하기 쉬워 약속 장소로 자주 애용되는 곳이다.

— 이따 거기서 만나자. 거기 몰라? 거기!

— 응! 거기가 좋겠어. 그래, 거기서 만나.

— 거기는 어때? 그래, 거기 괜찮잖아.

— 그래, 거기! 거기 분위기 좋아.

예전 어느 술집에 '아무거나'라는 메뉴가 있었다.

안주는 뭐로 시킬 거냐고 물으면 '아무거나' 달라는 술꾼들의 습성을 이용한 것이다.

그 집에서 제일 비싼 메뉴였다. 맛이 어떤지는 모른다.

어쨌거나 2016년 4월 1일은 개발사업부 김일중 대리가 대표 이사 비서실 최소영이라는 대어를 낚는 날이었다.

*   *   *

유니콘 아일랜드 미분양 잔여분 전부와 양평의 비사업용 토지 전부가 하루 만에 처분되었다.

회사가 완벽하게 위기상황을 넘기게 되자 박준태 전무와의 파워게임 양상이 달라졌다.

전에는 신 사장 쪽의 현저한 열세였는데 갑자기 저울추의 방향이 확 바뀌어 버린 것이다.

소식을 들은 이연서 총괄회장이 늦은 저녁에 방문하여 치하의 말을 건네며 어깨를 두드렸다.

이 회장은 천식 때문에 뉴질랜드에서 두 달간 요양했다.

그곳에 머무는 동안 유선으로 업무보고를 받았지만 직접 대면하는 걸 선호해서 그저께 귀국했다.

그런데 알토란같던 천지건설이 도산 위기에 처했다는 보고가 있었다. 하여 본인 지분의 주식을 팔려던 참에 들려온 낭보였던 것이다.

이 자리엔 박준태 전무 등 임원들이 배석해 있었다. 그때 어떻게 된 건지에 대한 보고가 있었다.

물론 조금 각색된 내용이다.

김지윤은 하인스 킴과 인맥으로 긴밀히 연결되어 있고, 그녀가 유니콘 아일랜드를 적극 홍보한 것이라 하였다.

조인경 대리는 하인스 킴이 회사를 찾아왔을 때 너무도 친절히 대해 감동을 받은 나머지 양평 땅 매각의 공을 그녀에게 주라는 직접적인 주문이 있었던 것이 되었다.

인사부장을 호출한 이연서 총괄회장은 사규를 물었다.

큰 공을 세우면 특별 승진 시킬 수 있다는 내용을 듣고는 그 자리에서 김지윤을 차장으로, 조인경은 과장으로 진급시키라는 지시를 내렸다.

다음으로 자금부장을 불렀다.

확인해 보니 유니콘 아일랜드와 양평의 땅은 회사가 매각하려던 예상가보다 훨씬 큰 금액에 팔렸다.

하여 포상금에서 원천징수해야 할 세금을 회사에서 부담하라는 지시를 내렸다. 김지윤과 조인경만 해당된다.

기분이 좋아진 신 사장은 이 자리에서 Y—빌딩 신축사업수주 가능성도 터뜨렸다.

위치, 규모 등을 간략하게 브리핑했는데 이건 웬만한 빌딩이 아니다. 가히 랜드마크라 불러도 좋은 규모였다.

다른 건설사에서 정보를 입수한다면 혈안이 되어 달려들만큼 대형이다.

그런 그걸 수의계약 수준으로 수주할 수 있을 것이란 장담에 박준태 전무 패거리는 그야말로 패닉 상태에 빠졌다.

신형섭 사장이 실적 때문에 쫓겨나면 자연스레 현재의 2인자인 박 전무가 대표이사 자리에 앉게 된다.

부사장 자리가 공석이 때문이다.

그러면 자신들도 자연스레 한 자리 내지 두 자리 승진될 것이라 믿고 열심히 알랑방귀를 끼는 차였다.

그런데 신 사장의 자리가 너무도 공고해졌다. 총괄회장이 너털웃음을 터뜨리며 Y-빌딩의 준공을 보라고 하였다.

토지 매수하고, 모두 헐어낸 뒤, 지하 8층이 들어서도록 터파기를 하고, 34층을 올리려면 적어도 3년은 걸릴 것이다.

보아하니 건축주는 마르지 않는 샘을 가진 존재 같다.

하루에 9,177억 원을 현금으로 결재할 수 있는 능력을 가진 사람은 본 적도 없다. 총괄회장 이연서도 그만한 현금을 보유하고 있지는 않다.

그러니 공사비 걱정은 안 해도 될 듯싶다. 그룹 회장의 총애가 계속해서 쌓이는 게 보일 지경이다.

그렇다면 Y-빌딩 준공 이후로 신 사장이 얼마나 더 오래 대표이사 자리에 있을지 알 수 없다.

성공적으로 공사가 끝나면 훨씬 더 길어질 수도 있다. 본인들 진급이 최하 3년은 미뤄진 것이다.

하여 다들 떫은 감을 씹은 마음이지만 겉으론 웃음 지으며 박수를 치지 않을 수 없었다.

어쨌거나 한밤의 긴급 임원회의는 화기애애함 속에서 마쳐졌고, 거나한 술자리로 이어졌다.

이날 이후 박 전무 패거리에 속해 있던 몇몇 이사들이 신 사장 쪽으로 줄을 바꿨다.

그날 천지정유와 천지건설 간의 스와프가 있었다. 천지건설의 달러화와 정유의 원화가 맞교환된 것이다.

달러화를 매입하거나 매각할 때 내야 하는 수수료를 벌었으니 모두에게 이익인 스와프였다.

*   *   *

"흐음! 문제군, 문제야!"

"네? 뭐라고요?"

신형섭 사장의 결재를 기다고 있던 조인경 대리, 아니, 조인경 과장의 반문이다.

"개발사업부 김 차장 말이야."

"김 차장이라 하심은… 김지윤 차장 말씀하시는 건가요?"

"그래! 그 부서에 과장이 둘이지?"

"네! 사업부장님 휘하에 두 팀이 있는데, 각 팀마다 과장 하나, 그리고 대리 둘, 사원 다섯으로 구성되어 있었지요."

"그래! 이번에 김 대리가 차장으로 승진하면서 부서 이동이 되지 않았으니 과장들이 얼마나 불편하겠어?"

"아! 그 부서는 그렇겠군요. 어제의 부하 직원이 오늘의 상사가 되었으니까요."

"흐음! 새로 팀을 만들기엔 개발사업부에서 딱히 할 일은 없는데 어쩌지? 비서실로 인사이동 시킬까?"

"네? 우리 부서요?"

조인경은 김지윤보다 한 살이 많다. 그리고 같은 대학 출신이니 1년 선배이기도 하다. 물론 전공은 다르다.

김지윤이 비서실로 오면 1년 후배이고, 한 살 어린 상사를 모시게 된다. 회사를 어려움에서 구해낸 공은 인정하지만 왠지 떫은 기분이다.

이 표정을 보았는지 신 사장이 고개를 흔든다. 누구보다도 조인경 과장을 잘 알기에 마뜩치 않아함을 느낀 것이다.

"그렇다고 김 차장을 다른 부서로 보내는 것도 그래."

"아마도… 그럴 거라고 생각합니다."

"조 과장, 혹시 묘안 없나?"

"묘안요……?"

조인경은 잠시 뭔가를 생각하는 표정을 짓는다. 하지만 그 시간은 그리 길지 않았다.

Chapter 06

—

씨잉! 이걸 어떻게 운전해?

"김 차장을 Y—인베스트먼트에 파견하는 건 어떨까요?"

"Y—인베스트먼트에……?"

말끝을 흐리는 걸 보니 무슨 의도에서 한 말인지 이야기해 보라는 뜻이다.

"하인스 킴 대표님이 신수동에 빌딩을 올리신다고 하셨잖 아요. 그거 웬만하면 우리에게 공사를 주신다고 하셨구요."

현수는 지난 3월 30일에 방문하여 천지건설을 어려움으로 완벽하게 구해주었다.

너무도 고마워 세상에서 제일 비싼 점심을 사려고 했는데 일이 있다면서 홀연히 가버렸다. 그것도 택시를 타고!

돈이 그렇게 많은데 아직 변변한 자가용이 없다 하였다.

아무튼 그렇게 가버리기 전에 상담실에서 사장실로 자리를 옮겨 잠시 환담을 나눴다.

그 자리엔 신형섭 사장과 현수, 그리고 조인경 대리와 김지윤 대리가 있었다.

그때 Y─빌딩 신축 공사에 관한 말이 나왔다.

"사장님! 신수동 Y─빌딩은 웬만하면 천지건설에서 공사하게 되실 겁니다. 그때 잘 부탁드립니다."

"에고! 말만이라도 고맙습니다."

"사장님께서 격의 없이 환대해 주셔서 공사를 드리는 거니까 나중에 견적 낼 때 너무 비싸게만 부르지 마십시오."

"아이고, 그건 당연한 말씀입니다. 저희가 해드릴 수 있는 최선을 다한 견적을 드리도록 약속합니다."

"그렇다 하여 회사의 이익이 너무 박하면 안 되지요. 저는 긴말도 싫고, 금액 가지고 네고하는 것도 마땅치 않아 합니다. 그러니 딱 받으실 금액만 견적해주시면 그 금액으로 계약해 드리겠습니다."

"네에, 감사합니다. 잘해보겠습니다."

이때 조인경은 신 사장 곁에, 김지윤은 현수 옆에 앉아 있었다. 따라서 분명히 기억하는 말이다.

"그래, 그랬지!"

신수동 Y—빌딩 신축 공사를 수주하는 공은 100% 신형섭 사장의 것이다. 단 한 푼의 영업비용도 쓰지 않고 거두는 성과가 될 것이다.

"근데 그건 왜?"

신형섭 사장의 시선을 받은 조인경 과장의 입이 열린다.

"그 공사 아직 계약서에 도장 찍은 거 아니잖아요. 그리고 아제르바이잔 공사도 그분의 도움이 필요하구요."

"그래, 그건 그렇지."

아제르바이잔어를 구사할 수 있는 통역사를 구하려 했다.

그날 오기로 했던 이서운은 러시아워 때문에 1시간이나 늦게 당도했다. 어느 정도 능력이 있는지는 알 수 없지만 회사에 큰 손해를 입힐 뻔한 인물이다.

그의 이름대로 서운하기는 하겠지만 다른 통역사를 구하려 한다고 말했다. 더 이상 얼굴 볼일 없음을 돌려 말한 것이다.

본인도 몹시 미안해하며 돌아갔으니 딱히 회사에 원한을 갖는 등의 일은 없을 것이다.

어쨌거나 아제르바이잔어에 능통한 통역사를 구하는 건 하늘의 별 따기처럼 어려운 모양이다.

"이럴 때 우리가 성의를 보이는 겁니다. 김지윤 차장으로 하여금 하인스 킴 대표님의 일을 보좌하도록 하면 자연스레 그쪽 정보도 넘어오지 않겠습니까?"

"오호라! 미인계를 쓰자 이 말인가?"

신 사장은 김지윤 차장을 거의 처음 보다시피 했다.

그런데 미모로 천지건설 One—Top인 조인경 과장과는 또 다른 아름다움을 가진 눈에 확 뜨이는 미녀였다.

인사기록을 확인해 보니 서울대학교 경영학과를 아주 우수한 성적으로 졸업했다. 얼굴 예쁘고, 몸매 좋은 데다 두뇌까지 총명한 모양이다.

마침 인사부 최명헌 부장이 결재판을 들고 왔다. 김지윤과 조인경의 특별 승진을 결재 받으러 온 것이다.

다음이 그 대화 내용이다.

"최 부장! 혹시 여직원 뽑을 때 얼굴보고 뽑나?"

"네? 그게 무슨 말씀이신지요?"

"김지윤 대리, 아니, 김지윤 차장 말야. 너무 예쁘잖아. 우리 조 과장 못지않은 미녀던데."

"사장님! 혹시 김 차장 수능 성적이 어떤지 아십니까?"

"글쎄? 그걸 내가 어찌 알겠나?"

"김 차장이 응시했던 해는 만점자가 없었습니다."

"그래?"

"딱 하나 틀린 전국 수석이었답니다. 인사과에 동기가 그러더 군요. 동점자 다섯 명 가운데 하나였다구요."

"아! 그런가?"

"그런데 얼굴 보고 뽑았다고 하시면 섭섭합니다."

"아니, 내 말은 자네가 잘못했다는 게 아니라 너무 예뻐서 그러지. 얼굴도 예쁜데 공부도 엄청 잘했군."

"인사 기록을 보니 입사 후에 체중이 많이 줄어서 가려졌던 미모가 드러난 모양입니다."

"알았네, 알았어."

조인경 과장은 고개를 좌우로 저었다.

"사장님! 미인계라니요. 성차별 발언이세요."

"아! 그런가? 미안! 그럼 어떤 의도이지?"

"김 차장이 하인스 킴 대표님을 지근거리에서 보필하는 동안은 천지건설을 생각하실 거예요."

"흐음, 그건 그렇겠지."

"외국인이시니 우리 쪽에서 배려할 일도 많이 있을 거예요. 예를 들어, 이동에 불편함을 느끼지 않으실까요?"

현수에게 자가용이 없다는 말은 둘이 같이 들었다.

"차량 지원도 하자고?"

신 사장의 물음에 조 과장은 고개를 끄덕인다.

"네! 부사장님 쓰시라고 연초에 새로 뽑았던 차가 지금 지하 주차장에 그대로 세워져 있어요."

현수가 택시를 타고 사라지는 뒷모습을 본 신 사장은 다소 황망한 느낌이었다. 무려 9,177억 원을 일시불로 결제한 사람의 뒷모습 치고는 조금 초라했던 것이다.

그때도 조인경 과장은 차량 지원을 해드리면 어떻겠느냐는 건의를 했다. 왜 차가 없느냐는 말에 현수가 운전면허가 없다고 했기에 한 말이다.

부사장은 건강 때문에 연초에 사직했다. 그래서 새 차를 뽑아놓고 퇴직하는 날 딱 한 번 탔을 뿐이다.

"이런 저런 지원을 해드리면 Y—빌딩 신축공사 수주도 순조롭고, 아제르바이잔 건도 도움 받을 것이라는 말씀입니다."

"그래, 일리가 있어, 알았네. 자네 의견을 적극 반영하지."

"네!"

조인경 과장이 물러간 후 신형섭 사장은 깊은 상념에 잠겨 있었다. 그러곤 내선번호를 확인한 후 전화기를 집어 들었다.

"최 부장? 잠시 올라오게."

"네, 사장님!"

인사부장이 올라오자 신 사장은 뭔가를 지시했다.

*　　　　*　　　　*

김지윤은 통장으로 입금된 포상금 77억 4,000만 원을 확인하고 몹시 기분이 좋았다.

두어 번이나 다시 확인했는데 그대로이다. 허벅지를 꼬집었는데 엄청 아팠다. 따라서 이건 절대로 꿈이 아니다.

점심시간이 되자마나 밥도 안 먹고 옥상으로 올라갔다. 그러곤 아빠에게 전화를 걸었다.

"아빠! 저, 지윤인데요. 저 이번에 회사에 큰 공을 세워서 포상금을 받았어요."

"액수요? 들으시면 놀라실 거예요. 호호호!"

"네, 네! 아껴서 쓸게요."

"근데 아빠 회사는 돈이 얼마나 있어야 어려움이 해결돼요? 그냥 궁금해서요."

"그니까 얼마가 있어야 하는지 알려주시면 안 돼요? 저도 이제 다 컸잖아요."

"아빠! 저도 가족이잖아요. 그리고 아빠가 여태 힘들게 길러주셨잖아요. 아빠 혼자 힘든 건 못 봐요."

"네, 하여간요."

"네, 알았어요. 아빠! 저, 아빠 통장으로 돈 보낼 테니까 보태 쓰세요."

"아뇨! 하여간요. 우리은행 계좌로 보내면 되죠?"

통화를 마치고 지윤은 사무실로 돌아와 인터넷 뱅킹을 시도했다. 그런데 1일 이체한도가 있어 송금이 되지 않았다.

하여 1층에 있는 은행으로 갔다. 손님은 많고, 은행원 중 일부가 점심을 먹으러 가서 한참을 기다려야 했다.

아빠는 3억 정도가 있으면 말끔히 해소된다고 하셨지만 과감하게 10억 원을 송금했다.

지난달에 월급이 안 나와서 쪼들렸던 기분을 상기해서 넉넉하게 보내 드렸다. 운영자금이 넉넉하면 더 마음 편하게 사업하실 거라 생각해서 보낸 것이기도 하다.

아무튼 은행 창구까지 다녀오는 불편을 겪었지만 마음만은 즐겁다. 그런데 생각보다 시간이 오래 걸려서 점심시간을 살짝 넘겨 사무실로 들어섰다.

사무실에 들어서자 이영서 부장이 손짓으로 부른다.

"김 차장? 내 방으로…, 나 좀 잠깐 보지."

점심도 못 먹고 왔는데 늦었다고 야단치려나 싶었다. 그래도 괜찮다. 오늘은 밥을 안 먹어도 배가 부른 느낌이다.

"죄송해요. 은행에서 볼일 보느라 조금 늦었어요."

"그건 괜찮아. 그럴 수도 있지! 그나저나 좋은 소식과 그저 그런 소식이 각각 하나씩 있는데 무얼 먼저 듣고 싶어?"

"네……? 아, 좋은 소식부터요."

"그래? 그럼, 좋은 소식부터 전하지. 자네 포상금은 세금을 회사에서 부담하기로 했어."

"그게 무슨 말씀이세요?"

"원래대로 하면 포상금이 거액이라 그중 38%를 원천징수한 나머지만 지급해야 해. 그럼 자네에겐 47억 9,880만 원만 송금되겠지. 그런데 자네가 부담해야 할 세금을 몽땅 회사에서 내주기로 했다고."

"헐……!"

지윤이 멍한 표정을 지었다.

세금을 원천징수한 금액이 77억 4,000만 원이라면 장부상 포상금은 124억 8,387만 원쯤이다. 회사에서 무려 47억 4,387만 원이나 대납하겠다는 뜻이다.

또 한 번 돈 벼락을 맞는 셈이다. 당연히 멍해진다. 연속해서 로또 복권 1등에 당첨되면 이런 기분일까 싶다.

"그룹 회장님이 기분 좋으셔서 내린 특별 지시야."

"아! 네에, 감사합니다."

감사하다는 말 외에 무슨 말이 더 필요하겠는가!

"자, 다음은 그저 그런 소식이야."

"네, 말씀하세요."

지윤은 얼른 머리를 흔들어 정신을 가다듬었다.

"자네 이번 인사 명령 때 부서 이동이 없었지?"

"네, 아직 개발사업부 소속이죠. 어디 다른 데로 가래요?"

부서원들에게 돈 벼락을 내렸지만 같이 있지는 못할 거라 예상은 했다. 어제의 상사가 오늘의 부하 직원이 되었으니 어찌 대하는 게 편하겠는가!

서로 불편할 바엔 차라리 다른 부서로 옮기는 게 낫다.

이번 기회에 다른 업무를 경험하는 것도 좋다 생각하였기에 어디든 발령만 내면 기꺼이 갈 생각이다.

"그래, 파견명령이 떨어졌어."

"그래요? 어디로요?"

"소속은 개발사업부지만 하인스 킴 대표님 수행비서야."

"네? 그게 무슨……?"

"하인스 킴 사장님의 곁에 머물면서 불편해하는 거 있으면 해소해 드리고, 도움드릴 거 드리라고."

"……?"

대체 무슨 뜻이냐는 표정으로 바라보았지만 이 부장은 자신이 하고 싶은 말만 한다.

"임원용 엘리베이터를 타고서 지하 3층으로 내려가면 섹션 D에 배정된 차가 있으니까 그걸 사용해, 자, 이건 차 키!"

지윤은 이영서 부장이 건네는 차 키를 얼떨결에 받았다.

"부장님! 전, 하인스 킴 사장님 사무실이 어디에 있는지도 몰라요. 근데 어떻게……?"

지윤의 말은 중간에 잘렸다.

"그분 전화번호는 알지?"

"네? 네, 그건 알아요."

"그럼 전화 걸어서 물어보면 되잖아."

"아……!"

"김 차장은 파견 나가지만 여전히 우리 개발사업부 소속이야. 그러니까 매일 한 번씩 소식 전해. 알았지?"

"네……?"

지윤은 또 멍한 표정이다. 갑작스레 환경 변화가 일어나 북극이 적도가 된 기분이다.

"그분이 필요한 건 뭐든지 요청해도 돼. 참, 이건 법인카드야. 유류대나 식대, 세차비 등을 결재할 때 써."

받고 보니 검은색 법인카드이다.

이 카드는 전무급 이상인 고위 임원들만 사용한다. 연초에 퇴직한 부사장이 사용하다 반납한 것이다.

"그거 말고도 필요하다 싶은 게 있으면 뭐든 써도 돼. 어차피 전산기록이 있으니 영수증은 안 챙겨도 되고."

이건 대체 뭔가 싶다. 이때 이 부장이 다시 입을 연다.

"사장님이 그러시더라. 그걸로 화장품도 사라고."

"네? 그게 무슨……? 그분은 남잔데 화장품을 왜……?"

"그만큼 자유롭게 써도 된다는 거야. 우리 회사의 의지를 보여 드리자는 거지."

"네, 알겠습니다. 근데 전, 오늘부로 책상 빼는 건가요?"

"아니! 김 차장은 우리 소속이라니까. 책상은 당분간 내 옆에 둘 테니 언제든 필요하면 와서 써."

"네, 알겠어요."

"주말엔 쉬고 월요일부턴 출퇴근 자율이야. 근데 가끔 사장님이 전화하실지 모르니 휴대폰은 꼭 챙기고."

"네, 알겠습니다."

지윤은 다소 얼떨떨하지만 회사에서 왜 자신을 선택했는지 충분히 짐작했다. 자신만큼 하인스 킴 대표를 잘 아는 사람이 없을 것이라 생각한 모양이다.

'어쩌지? 쫌 난감하네. 달랑 전화번호 하나만 아는데.'

어쩌겠는가! 윗사람이 시키면 해야 하는 게 조직이다.

*　　　　*　　　　*

지윤은 고개를 끄덕였다.

"좋아! 지금이 순간부터 김 차장은 스스로 생각하는 대로 움직여도 되네."

"네! 부장님."

"흐음! 퇴직이 아니니 환송식을 해줄 수도 없네. 대신 당분간 얼굴을 못 볼 거 같으니 이따 회식이나 하자고."

"네, 알았습니다."

"오늘 불금이니 퇴근 후 시간 괜찮지?"

이 대화를 끝으로 지윤은 책상을 정리했고, 지하주차장으로 내려가 배정된 차를 확인했다.

"어휴~! 내가 이런 차를 어떻게……?"

천지빌딩 지하 3층 섹션 D는 엘리베이터에서 내리면 바로 앞에 있고, 고위 임원용 주차장이다.

회장, 부회장, 사장, 부사장 전용이다. 기사 대기실이 마련되어 있고, 세차를 위한 도구들도 모두 갖춰져 있다.

이연서 회장의 아들인 천지건설 회장의 처남이 박준태 전무인데 그조차 이곳엔 차를 못 댄다.

어쨌거나 김지윤이 스마트키를 눌러보니 반응하는 차가 있다. 검은색 벤츠 S600이다. 벤츠 메르세데스 마이마흐 S클래스 중 가장 고가인 차가 서 있는 것이다.

옆에는 현대자동차에서 생산한 검은색 에쿠스가 있다. 바닥을 보니 대표이사 전용 주차장이다.

퇴직한 부사장은 신입사원에서 시작하여 부사장에 이르기까지 많은 공을 세웠다. 하여 보은 차원에서 뽑아준 차인데 딱 한 번만 타고 퇴직해 버렸다.

신 사장은 국산 차를 고집하여 에쿠스를 뽑은 모양이다.

"어휴! 저걸 내가 어떻게……?"

작은 흠집만으로도 몇 백만 원이 들어가는 차이다. 그런데 먼지 한 점 앉지 않은 자태를 보여주고 있다.

"끄응! 미치겠네."

지윤의 아빠는 차에 대한 확고한 철학이 있다.

― 자동차는 굴러다니는 신발일 뿐이다.

― 자동차는 매년 감가상각되는 소비재에 불과하다.

― 자동차는 남들에게 과시하기 위해 타는 게 아니다.

― 자동차로 남을 평가하는 인물은 상종 안 한다.

이런 생각을 가졌기에 가장 흔한 차인 구형 소나타를 타고 다닌다. 출고된 지 10년은 넘었을 차이다.

지윤은 아빠 차를 많이 운전해 보았다. 그래서 운전은 자신이 있다 생각했는데 이건 너무 과한 차이다.

그래서 또 멍한 표정이 되었다. 남들이 보기엔 울 것 같은 표정일지도 모른다.

주차장 기둥에는 이곳에 차를 세워두면 대기실 기사들이 교대로 세차를 해놓는다는 안내문이 붙어 있다. 차가 비싸다 보니 특별 대접을 받는 모양이다.

"어휴! 난 모르겠다."

지윤은 고개를 설레설레 흔들곤 다시 엘리베이터에 몸을 실었다. 부장을 만나 차를 바꿔달라고 하려는 것이다.

결론은 '안 된다' 였다.

하인스 킴 대표는 천지건설의 귀빈이니 그 정도 차가 예우에 맞다고 한다. 들어보니 맞는 말이긴 하다.

하여 운전하는 데 너무 부담스럽다고 하자 찌그러져도 괜찮다고 했다. 종합 보험에 가입되어 있어서 수리비는 걱정하지 않아도 된다는 데 뭐라 말을 더 하겠는가!

"그래도 그렇죠. 저, 이제 겨우 스물여덟 살이에요. 근데 그 차를 끌고 다녀 봐요. 다들 여자 기사라고 해요."

"검정색 마이바흐 운전기사로 여 기사를 뽑았단 말은 들어본 적이 있어? 김 차장은 본 적 있나?"

여자는 남자에 비해 공간 지각능력이 떨어지는 것으로 알려져 있다. 그래서 주차에 어려움을 겪는 경우가 많다.

또한 대체적으로 운전 실력이 떨어지는 것으로 평가된다.

그래서인지 검은색 세단을 운전하는 여 기사는 확실히 본 적이 없는 것 같다.

"그러니 김 차장 더러 기사라고 하는 사람들 없을 거야. 엄청 부잣집 딸이구나 그럴 수는 있어도."

'씨잉! 부잣집 딸이 왜 마이바흐 같은 검은 세단을 타냐구요. 예쁜 차들도 널렸는데.'

지윤은 뉴비틀이나 미니 같은 차를 떠올렸다.

그러고 보니 이젠 그런 차가 꿈이 아니다. 마음만 먹으면 몇 대라고 살 수 있는 거금이 있지 않은가!

아무튼 마이바흐를 앞에 둔 지윤은 암담함을 느끼며 또다시 고개를 설레설레 흔들었다.

"정, 운전기사로 보이기 싫으면 예쁜 옷을 사서 입게. 법인 카드 뒀다 뭘 할 건데?"

"네? 그래도 돼요?"

허락을 구하는 말이 아니라 참말이냐는 뜻이다.

"김 차장! 카드로 백화점에서 여성의류를 사면 명세서에 어떤 옷이라고 딱 찍혀 나오나?"

"그건 아니지만 입점 브랜드 정도는 나오지 않을까요? 브랜드만 봐도 여성의류라는 걸 금방 알죠."

"그래도 상관없어. 김 차장에게 준 건 여성의류뿐만 아니라 명품백이나 구두, 화장품 등을 구매해도 괜찮은 거야."

"그게 무슨 말씀이세요?"

"하인스 킴 대표님을 지근거리에서 보필하려면 그만한 품위를 갖춰야 할 거 아닌가!"

"그건 그렇죠."

"하인스 킴 대표님이 특급 호텔 리셉션장 같은 곳을 갈 때 같이 가려면 김 차장은 어떤 옷을 입어야 하나?"

"그야, 분위기에 맞는 깔끔한 정장 정도겠죠."

"좋아! 그럼 바닷가 휴양지를 간다면?"

"그럴 땐 원피스나 캐주얼한 옷을 입는 게 좋을 듯해요."

"그럼, 그 옷 다 김 차장이 사비로 구입해서 입을 건가?"

"아……!"

지윤은 무슨 뜻인지 이해했다는 듯 입을 벌렸다.

포상금으로 어마어마한 액수를 받았지만 공과 사를 구분해서 하지 않아도 될 지출은 하지 말라는 뜻이다.

"그러니 필요하면 명품백도 사고, 구두, 화장품, 장신구, 심지어 속옷을 매입하는 데 카드를 써도 되네."

"네, 알겠습니다."

지윤은 천지건설에서 하인스 킴에게 어떤 대접을 해주라는지 확실히 이해되었다.

'근데 왜 나지? 남자 직원들도 많은데. 이거 혹시 미인계인가? 훗……! 하긴 내가 쫌 예쁘긴 하지.'

지윤은 슬그머니 곁의 거울을 보았다.

화사하게 피어난 봄꽃처럼 어여쁜 처녀 하나가 사슴 같은 눈망울로 본인의 미모를 살피고 있다.

누가 봐도 인정할 만큼 빼어난 미모이다.

'하긴 내가 받은 연예기획사 명함만 50장은 넘지.'

자신의 빼어난 미모와 몸매를 떠올린 지윤은 잊고 있던 자신감을 회복했다. 그러자 아름다울 뿐만 아니라 자신감까지 충분한 세기의 미녀가 보였다.

*   *   *

"도로시! 태을제약 태정후 사장과 이예원 실장 확인됐어?"

자신에게 초특급 미녀 비서 겸 기사가 딸린 마이바흐가 배정된 걸 모르는 현수의 말에 도로시가 즉각 반응한다.

"네! 보고드릴게요."

"그래! 시작해."

오늘도 맘충들 때문에 한바탕 소란이 일어 몹시 피곤했던 하루였다. 파출소 경찰까지 출동하는 소동이 벌어졌었다.

덕분에 홀 청소를 하느라 땀을 빼야 했다.

일과를 마치고, 뒷정리까지 모두 끝낸 뒤 샤워를 하고 2.3평 짜리 숙소로 들어왔다. 아무런 장식도 없는 횡한 공간이다. 그래도 현수에겐 소중한 숙소이다.

마나와 내공을 쓸 수 없는 몸인지라 피곤함이 엄습했다. 그

동안 하루도 쉬는 날이 없었으니 그럴 만하다.

이제야 시간이 나서 도로시의 보고를 받으려는 것이다.

"태을제약은 작년에 상장 폐지되었어요."

"그래? 그럼, 태정후 사장과 이예원 실장의 현황은?"

"그들 둘이 간신히 회사 명맥만 유지하고 있어요. 의약품 매출은 거의 없다시피하구요."

"왜 그런지 파악해 봤어?"

"태 사장이 건설업에 손을 댔다가 잘못되었네요."

"쩝~! 멀쩡한 사람이 하나도 없네. 그래서 현재 서울에 있기는 해?"

"네! 그런데 조만간 쫓겨나겠어요."

"왜…?"

"태 사장님은 신용불량자이고, 쓰고 있는 사무실은 임대료가 일 년 전부터 밀려 있어요."

"쯧쯧……!"

"근데 건물주가 마음이 좋은가 봐요. 요즘 같은 불경기에 일 년이나 세를 못 내는 세입자를 그냥 두고 있는 걸 보니."

"그래? 그럴 리가 없어. 조금 더 자세히 뒤져봐."

현수의 지시를 받은 도로시는 더 많은 자료들을 뒤졌다. 그렇게 10초쯤 흘렀다.

"아! 조금 전 보고 정정해요. 건물주가 공장과 기계류 압류를 준비하고 있어요. 경기도 화성시에 소재한 대주법무사 사무소에 압류 서류를 준비시켰는데 아직 돈을 주고 계약한 게 아니라 확인이 늦었어요."

도로시가 확실히 대단하긴 하다.

건물주가 법무사에게 돈을 주고 일을 진행시킨 상황이 아니다. 따라서 유능한 정보원이라도 절대 알아낼 수 없다.

그런데 도로시는 불과 10초 만에 전국의 법무사 사무소 컴퓨터를 몽땅 다 뒤져서 찾아냈다.

건물주가 이곳에 가서 상담을 했고, 그 내용을 법무사가 본인 컴퓨터에 입력해 놓았는데 그걸 확인한 것이다.

"거봐! 그럼 그렇지. 아주 망하라고 하는구만."

"조만간이라고만 입력되어 있어서 구체적인 날짜는 특정할 수 없어요. 그런데 이 컴퓨터의 기존 자료들과 대조해 보니 4월 8일에 압류 신청을 할 듯해요."

"임대료가 얼마나 밀린 거지?"

"또 해결해 주시게요?"

도로시의 말에는 오지랖 좀 그만 넓히라는 뜻이 담겨 있었지만 현수는 무시했다.

"이실리프 코스메틱이 세계 제1의 화장품 회사가 되는 데 혁혁한 공을 세웠던 분이야."

"에고, 맘대로 하세요."

"참, 이예원 실장은?"

"작년에 남편하고 이혼했어요. 아이는 없구요."

이전엔 아주 잘 살았던 부부인데 뭔가 틀어진 모양이다.

"왜……?"

"그것까지는 확인이 안 돼요. 합의 이혼이라! 법원 기록엔 이혼 사유가 성격 차이로 기록되어 있어요."

"그래? 그럼 그 뒤론?"

"재산 분할을 해서 받은 돈이 2억 원쯤 되었는데 몽땅 태을제약 채무변제에 사용되었네요."

"잘될 줄 알았는데 안 된 케이스인 모양이네. 현재는?"

사업 전망을 보고 투자를 했던 모양이다.

"자양동 원룸에 기거하는데 월세 40만 원을 다섯 달째 못 내고 있어요. 휴대전화 요금은 6개월이 연체되어 착신만 가능해요. 신용카드도 연체되어 신용불량이 되었구요."

"와! 진짜, 멀쩡한 사람이 하나도 없네."

현수의 말에 도로시가 쐐기를 박는다.

"태정후 사장은 현재 사무실에서 기거하고 있어요."

"끄응! 집도 절도 없는 상황인 모양이네. 참 부인과 딸은?"

"부인과는 3년 전에 이혼했고, 모녀 모두 미국으로 이민을 가서 각각 결혼을 했어요. 태 사장과의 연락은 없구요."

"끄응……!"

한 가정이 완전히 해체된 모양이다.

"이 실장도 원룸에서 쫓겨나면 갈 데가 없는 거 같아요."

"왜? 가족이 없어?"

"친정 부모님은 모두 돌아가셨고, 오빠가 하나 있는데 오래 전에 캐나다로 이민을 가서 연락 두절 된 상태네요."

"에고, 어쩌냐?"

이예원 실장은 현수보다 한 살인가 많았던 것으로 기억한다. 그렇다면 이제 겨우 서른두 살인데 곧 거지가 된다.

날씨가 따뜻해질 테니 남자들이야 노숙이라도 한다지만 여성의 몸으로 어찌 지내겠는가!

갈 곳 없이 엄한 곳에서 노숙하다간 못된 놈들 만나 정말 못된 짓을 당할 확률이 매우 높다.

그래서 여성 노숙인이 적은 것이다.

Chapter 07
—
미녀 수행비서가 생기다

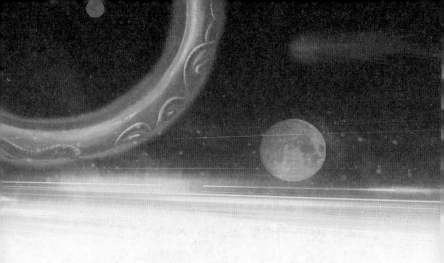

"태정후 사장은 전화 안 돼?"

"태 사장 명의로 된 휴대폰 및 유선전화는 없어요."

"공장은 아직 안 넘어갔다며."

"명의는 태 사장 앞으로 되어 있지만 근저당 설정과 압류가 덕지덕지예요."

무슨 뜻인지 충분히 알아들었다. 빚이 많다는 의미이다.

"좋아! 얼마면 해결되겠어?"

"잠시만요. 태 사장뿐만 아니라 이 실장의 빚도 같이 계산해야 하는 거죠?"

"그래! 이자까지 다 해서 얼만지 알아봐."

"태정후 사장은 41억 8,752만 6,360원이고요. 이예원 실장은 3,826만 2,210원이에요."

"내일 이 실장에게 연락해서 만날 시간과 장소 정해놔. 가급적 이 근처로…!"

강동구에 소재한 천지건설 사옥을 갔다 오는데 시간이 너무 많이 걸려서 하마터면 영업 준비도 못할 뻔했다.

그래서 근처로 약속을 잡으라는 것이다.

"네! 연락해 볼게요. 근데 무슨 일로 보자고 해요?"

"Y-코스메틱 설립!"

"알았습니다."

이제 척하면 척이다.

"그 사람들 집도 없다 했지? 아파트 매입은 순조로워?"

"그건 주효진 변호사가 잘하네요."

"신수동 부동산 매입도 서둘러야 하는데."

"그건 김지윤 차장에게 이야기하면 해결될 듯해요."

"김 대리가 차장으로 진급했어?"

"네! 폐하를 만난 이후 2계급 승진했어요. 그리고 폐하를 지근거리에서 보필하는 수행비서로 파견되고요."

"뭐라고? 뭐가 어쩐다고?"

언뜻 무슨 소리인지 못 알아들은 것이다.

"폐하께 호의를 보이려고 김지윤 차장을 폐하의 수행비서로 파견 보낸다고요. 월요일에 연락이 오겠네요."

"헐! 나 여기 있는 거 보면 안 되는데."

큰 돈 쓰고 왔고, 앞으로 큰일을 할 걸로 알고 있는데 웨이터라면 어찌 생각하겠는가 싶었던 것이다.

"안 될게 무어 있어요? 떳떳하시잖아요."

"그래도! 기왕이면 그렇잖아."

"폐하는 겉치레나 허례허식 이런 거 별로 안 좋아하시잖아요. 억지로 꾸미는 것도 싫어하시구요."

"그건 확실히 그래!"

"그런데도 옆에 건물이라고 하나 사서 인테리어 새로 하라고 할까요? 번듯한 간판도 만들고, 명함도 파고 말이죠."

도로시가 은근히 염장을 지르려 한다.

어찌 순순히 당해주겠는가!

"아냐! 그건 아니지. 그런 게 내가 싫어하는 돈 지랄이야. 알았어. 연락 오면 도로시가 알아서 적당히 따돌려."

"그럼, 김 차장에게 신수동 부동산 매입을 지시할게요. 잠시 출국하신 걸로 하구요."

"그래! 그거 좋겠다. 그렇게 해."

현수는 잠시 말을 끊었다.

"참! 사는 거 힘들다! 내가 왜 이렇게 됐지?"

"유희잖아요. 평범하게 살고 싶다고 하셨잖아요."

"아! 그래, 유희지! 으음, 오늘도 피곤했어. 나 잘 테니까 내일 아침에 깨워줘."

"네! 안녕히 주무세요."

현수는 금방 잠이 들었고, 오늘도 여느 날처럼 각종 의학지식이 뇌리에 새겨졌다.

2016년 현재의 의학 지식이나 술기뿐만 아니라 훨씬 발달된 미래의 지식까지 같이 입력되고 있다.

그렇게 또 하루가 저물어갔다.

＊　　　　＊　　　　＊

2016년 4월 4일 월요일, 오전 9시 정각이 되자 현수의 휴대폰이 격하게 진동한다. 액정에 표시된 발신자는 김지윤 차장이다. 도로시가 즉각 인터셉트했다.

"네! 하인스 킴 대표님 휴대폰입니다."

영어로 대꾸하자 즉각 영어로 말을 한다.

"아! 안녕하세요? 저는 천지건설 개발사업부의 김지윤 차장이라고 하는데 대표님과 통화할 수 있을까요?"

"미안해요. 지금은 안 계셔요. 갑작스러운 일이 있어서 어제 바하마로 출국하셨거든요."

"어머! 그래요? 언제 오시는지요?"

"글쎄요? 돌아오실 날짜는 아직 확정되지 않았습니다."

"아, 네에. 근데 전화 받으시는 분은 누구신지요?"

오전 9시에 전화를 대신 받아줄 정도면 애인일 수 있다 생각했는지 왠지 낙심한 듯한 음성이다.

"나는 대표님 비서 도로시 게일이라고 해요. 본사 업무 때문에 잠시 들어와 있어요. 참! 천지건설 분이라고 하셨죠?"

"네, 개발사업부 소속 차장이에요."

"잘되었네요. 대표님이 출국하시기 전에 천지건설에 협조를 부탁하라고 하신 말씀이 있는데 전해도 될까요?"

"네, 그럼요! 뭐든 말씀하세요."

이런 걸 도와주라고 파견했는데 어찌 싫다고 하겠는가!

"대표님께서 Y—빌딩 신축 예정지의 주택들을 대신 매입해달라고 하셨어요. 이메일 주소를 알려주시면 지번별 예상 매입 상한가를 보내 드릴 터이니 천지건설에서 매입해주세요."

"네? 뭐라고요?"

"천지건설이 사업예정지의 부동산을 대신 매입해달라고 하셨다고요. 명의는 Y—인베스트먼트입니다."

들었던 이야기라 무슨 뜻인지 대번에 확인된다.

Y—빌딩 신축사업의 시작을 의미하는 시동을 대신 걸어달라는 뜻이다.

"네, 알아들었어요. 근데 어떤 방식으로 매입하죠?"

"현재 사업예정지 인근에 매물로 나온 아파트들을 사들이고 있어요. 대략 400여 채 정도 되는데 그건……."

도로시는 현수가 계획했던 바를 논리정연하게 설명했다.

다 알아들었지만 아파트를 사들인 가격에서 20%를 할인한 가격으로 주택과 맞교환하라는 말은 좀처럼 이해하지 못하여 재차 반문했다.

상식적으로 말도 안 되는 이야기인 때문이다.

그렇기에 휴대폰이 뜨끈하다 느껴질 때까지 통화하게 되었다. 그러는 사이에 둘은 서로를 파악했다.

지윤이 파악한 도로시는 바하마에 소재한 Y—인베스트먼트 본사에서 하인스 킴 대표를 보좌하는 비서이다.

지극히 논리적이며, 유능하다는 느낌이다.

도로시가 느낀 김지윤은 인간치고는 명석하다는 것, 그리고 추론능력 또한 괜찮다는 것을 파악했다.

업무 추진능력은 두고 보면 알게 될 것이다.

"김지윤 차장님! 우리 폐, 아니, 대표님을 잘 보좌해 주세요. 번거로운 거 싫어하시고, 허례허식을 경멸하니까 그런 거만 신경 쓰시면 될 거예요."

"네! 미스 게일. 열심히 해볼게요. 대표님께서 귀국하시거나 연락주시면 저에게 꼭 좀 전화하시라고 전해주시구요."

"그러죠! 이 번호로 전화하시라고 전하면 되죠?"

"그럼요! 부탁드려요."

"참! 무슨 일로 대표님을 찾으신 거죠?"

"저희 천지건설에서 대표님의 이동 편의를 위해 승용차를 제공하려고 해요. 그래서 연락드렸어요."

"아! 그런가요? 고마운 배려네요."

"아울러 저희 회사와의 커뮤니케이션을 위해 저를 수행비서 겸 운전기사로 파견했어요."

"네? 김 차장님이 운전기사를 하신다고요?"

"네, 당분간을 그렇게 하라고 합니다."

"알겠어요, 대표님으로부터 연락이 오면 말씀드릴게요."

통화를 마친 지윤은 방금 메모한 것들을 유심히 살폈다. 그러는 동안 현수에 대해 파악한 것이 있었다.

'마음도 따뜻한 분이셨구나.'

재개발이나 재건축사업을 하는 현장엔 늘 눈물 흘리며 살던 터전을 떠나는 사람들이 있어왔다. 그런데 적어도 신수동 사업엔 그런 경우가 없을 것 같다.

Y-인베스트먼트가 세심한 배려를 아끼지 않기 때문이다.

현수의 마음을 이해한 지윤은 고개를 끄덕이며 나머지 메모를 살폈다.

도로시 게일이 보내준다는 이메일엔 지번별 가구수와 인원, 그리고 거주 형태가 구분되어 있다고 했다.

어느 집에 몇 가구가 살며, 자가인지, 전세인지, 월세인지 표시되어 있다는 것이다.

자가이면 매입 상한가가 얼마로 잡혀 있는지 표기되어 있고, 전세이면 보증금이 얼마인지, 월세는 보증금과 월부담액이 얼마인지가 나와 있다고 했다.

가가호호 방문하지 않았다면 알 수 없는 정보이다. 이 정도를 파악하려면 상당한 비용이 투입되었을 것이다.

Y—빌딩 신축사업이 하루 이틀 사이에 진행된 일이 아니고, 확실하게 진행될 일이라는 의미이다.

이건 회사에 보고할 일이다. 하여 따로 메모해두었다.

어쨌거나 주택은 인근 아파트와 맞교환을 하던지 예상 매입가를 주고 사들이라고 하였다.

차액이 발생하면 더 받거나, 더 지급하면 된다.

주택 소유자는 인근 아파트를 시세의 80% 가격으로 물물교환 하는 것이 마음에 들 테니 쉽게 승낙할 듯싶다.

예를 들어, 시가 10억 짜리 다가구주택 소유자가 있다.

그는 3층에 거주하면서 지층과 1~2층을 세를 놓아 매월 250만 원의 월세를 챙기고 있다.

그런 그에게 10억 줄 테니 팔라고 하면 안 팔 수도 있다. 당장 월세 수입이 없어지기 때문이다.

하지만 12억 5,000만 원에 매입한 아파트와 맞교환하자고 제의하면 심각하게 고민할 것이다.

아파트를 받자마자 되팔았을 때 생기는 2억 5,000만 원이 눈에 아른거릴 것이기 때문이다.

따라서 주택 매입은 크게 어렵지 않을 것이다.

전세의 경우는 추가 보증금 없이 비슷하거나 조금 더 넓은 아파트로 이사를 권하라고 되어 있다.

전세 보증금을 빼서 아예 다른 곳으로 이사를 가겠다고 하면 현재의 집주인과 적절히 합의할 일이다.

월세도 비슷하거나 더 넓은 면적의 아파트로 옮기는 걸 권유하라고 하였다.

그런데 전세든 월세든 만만치 않은 아파트 관리비가 부담되어 다른 곳으로 이사 가겠다고 할 확률이 있다.

이를 대비하여 인근에 관리비가 없거나 아주 저렴한 빌라를 매입하니 그쪽으로 유도하라고 했다.

이사하기 전에 말끔하게 수리해주는 조건이다.

도배를 새로 하고, 장판 교체는 기본이고, 낡은 문짝과 등기구들도 모두 교환할 예정이다. 화장실 변기와 세면기, 그리고 욕조도 낡았다면 다 교체해준다.

한 마디로 싹 수리하고 청소해서 보는 순간 들어와 살고 싶다는 생각을 가질 정도로 해준다는 뜻이다.

전세 거주기간은 2년씩 3번까지 연장할 수 있고, 월세도 임대료 인상 없이 6년까지 살 수 있도록 하였다.

그 기간이 지나면 매각하거나 보증금 또는 월세를 인상할 수 있음을 반드시 고지하라고 했다.

이 정도면 세입자들에게도 해줄 만큼 해주는 것이다. 따라서 불만 가질 사람은 거의 없을 듯하다.

아무튼 부동산 매입이 끝날 때쯤이면 신축도면을 확정하여 건축심의 및 허가를 필할 것이라고 하였다.

상당한 시간이 걸릴 일이다.

사업 예정지 주택을 매입비용은 언제든 요청하는 즉시 집
주인 또는 세입자 계좌로 송금하기로 했다.

　주택 매입에 필요한 공인중개사 수수료와 천지건설 직원들
의 급여, 식비, 교통비 및 제반경비 등은 별도로 지불된다.

　그리고 이 모든 일은 김지윤이 총괄한다.

　이 과정에서 지윤을 속이고 집주인과 담합하여 부동산 가
격을 부풀린 뒤 차액은 나누는 등의 장난을 치는 사람이 있
다면 도로시의 철저한 검증능력에 치를 떨게 될 것이다.

　그 결과는 천지건설로부터 해고 또는 파면이다.

＊　　　　＊　　　　＊

　통화를 마친 도로시는 주방을 나서는 현수에게 보고했다.

　"폐하! 조금 전에 김지윤 차장과 통화했어요."

　"그랬어?"

　"지시하신 대로 신수동 사업부지 확보작업을 일임했어요.
말을 잘 알아듣더라고요. 확실히 명석해요."

　"그래! 그럴 거야. 아주 똑똑하고 야무져."

　현수는 이실리프 뱅크에 관한 기억을 떠올려 보았다.

　이실리프 뱅크는 2014년 2월에 인가되었다. 그리고 지윤은
행장대리 전무이사가 되었다.

　현재를 기준으로 보면 2년 전이니 지윤이 스물여섯 살 때이

다. 그 어린 나이에도 훌륭하게 은행 조직을 이끌어갔다.

그래서 아주 유능한 재원이라는 걸 안다.

따라서 겨우 1만 2,022평 정도 되는 부동산을 매입하는 건 일도 아닐 것이다.

현수가 고개를 끄덕이자 도로시가 좋아거린다.

"그냥 이리로 불러서 폐하를 돕도록 하는 게 더 나을 뻔했어요. 폐하 대신 청소와 서빙도 시키시면 되잖아요."

"……!"

현수가 아무런 대꾸도 하지 않자 마저 조잘 댄다.

"천지건설에서 폐하의 수발을 들라고 파견한 거니까 그래도 돼요. 폐하가 싸가지 없는 계집애들로부터 수모를 겪는 걸 볼 때마다 짜증이 난단 말이에요."

"……!"

"폐하! 지금이라도 이리로 오라고 할까요?"

"나 출국했다고 했다며. 너 거짓말쟁이가 되고 싶어?"

"그건…, 아니에요. 알았어요."

"그건 그렇고 이번 기회에 Y—뱅크도 설립할까?"

현수가 말하는 건 이실리프 제국 뱅크일 것이다.

지구는 물론이고 달과 화성 등 이실리프 제국 전역에 지점이 있다. 현재의 화폐로 환산하면 자본금 3,876경 9,654조 7,000억 달러인 초거대 은행이다.

이걸 기준으로 삼은 듯하다

"에고, 지금은 자본금이 부족해요."

도로시는 지금 뭔가를 착각하고 있다.

시간만 주면 이실리프 제국의 자본금을 만들 수 있는 것처럼 이야기하지만 실상은 불가능하다.

지구의 모든 부동산과 기업을 팔고, 유통 중인 모든 돈을 다 합쳐도 결코 만들 수 없는 거금인 때문이다.

참고로, 2015년 연말 기준 미국 기업 1~8위의 시가총액을 모두 합치면 3조 1,944억 달러정도 된다. 이실리프 뱅크의 자본금은 이보다 1,213만 6,756배 이상 많다.

대한민국 시가총액 1위인 삼성전자로 비교하자면 모든 주식을 2억 7,000만 번이나 사고도 돈이 남는다.

미국기업 시가총액 순위 1~8위 시가총액은 다음과 같다.

순 위	기업명	시가총액
1	애플	약 6,202억 달러
2	알파벳	약 5,395억 달러
3	마이크로소프트	약 4,517억 달러
4	버스셔해서웨이	약 3,297억 달러
5	엑손모빌	약 3,295억 달러
6	아마존	약 3,253억 달러
7	페이스북	약 3,033억 달러
8	제너럴일렉트릭	약 2,952억 달러
합 계		3조 1,944억 달러

착각하는 게 있으면 바로 잡아줘야 한다.

"아니! 이곳에 오긴 전 규모가 아니라 여기에 새로 만든다고. 회고록 좀 읽어봐."

"아! 최초자본금 5조 400억 원짜리요? 에이, 그 정도는 언제든지 되죠. 근데 은행을 왜 만드시려고요?"

"처음 품었던 뜻 그대로야. 서민들의 부담을 덜어주고, 돈이 필요할 때 도와주려고."

예전에 알던 이들 거의 모두 돈 때문에 형편없는 삶을 살고 있으니 문득 측은지심이 발동한 것이다.

"현재는 진실만 말하게 하는 마법의자를 활성화시키실 수 없다는 거 아시죠?"

마법진을 그릴 수는 있지만 활성화마법을 구현시킬 수 없다는 걸 지적하는 말이다.

"대신 유능한 도로시가 있잖아. 대출 받으려는 사람의 직업, 가족 수, 금융 현황 등을 몽땅 다 파악하면서 뭘 그래. 그 정도면 갚을 능력 정도는 금방이잖아."

"그건 그렇지만 대출금을 갚겠다는 의지가 있는지 여부는 확인 못 하는 거 아시죠?"

"그건 인간의 영역이니까 행원들의 능력을 믿어봐야지."

"알았어요. 5조 원쯤 빼놓을게요. 근데 한국에서 은행 설립을 인가해 줄까요? 폐하의 신분이 외국인이라……."

"에고, 그건 그러네. 알았어! 그건 일단 보류. 그나저나 테이스토피아 레시피 한번 빠르게 읊어줘 봐."

"네! 먼저 중불로 오일의 온도를 ……."

"알았어."

오늘은 히야신스가 영업을 하지 않는 날이다.

샐러드 바로 업종변경을 한 후 하루도 쉬지 않고 일을 해서 모두가 피곤이 누적된 상태이다. 일부 몰지각한 손님들의 소란 때문에 시끄럽고 번거로운 것도 한몫했다.

어쨌거나 물들어올 때 노를 저어야 하는 법이다.

하여 곧 날씨가 더워지니 신메뉴를 뭘로 할지 하나씩 추천하기로 했다. 강주혁 사장이 열심히 인터넷을 뒤져보았지만 마땅한 것이 없었다.

주방장과 보조도 의견을 내놓았지만 너무 평범해서 이목을 끌 수 없는 메뉴라는 결론이 내렸다.

이때 현수를 보며 물었다.

"하인스 씨! 남아공 특선 요리 뭐 이런 거 없어요? 여기 와서 볼 수 없었던 거 있으면 추천 좀 해줘요."

"하나가 있기는 한데……."

현수는 '테이스토피아'에 관한 이야기를 했다.

남아공에 있을 때 머물던 집에서 즐겨먹던 음식이라고 했더니 만들 줄 아느냐고 물었다.

당연히 그렇다 대답하자 한번 먹어보자면서 오늘로 날짜를 잡았다. 그렇기에 주방 모자를 쓰고 식재료를 손질했던 것이다.

"룰루랄라~! ?~♪ 룰루라라~! ♪♩~?~"

"기분이 좋으신가 봐요."

콧노래를 흥얼거리는 현수에게 도로시가 한 말이다.

"어! 그래. 기분 좋아."

테이스토피아는 현수도 즐겨먹는 요리이다.

잘하기는 하지만 전문직이 아닌지라 25분쯤 걸려 요리가
완성되었다.

현수는 데커레이션까지 신경 쓴 접시를 들고 나갔다.

"자아! 요리 나갑니다. 어라……?"

쟁반을 들고 나가던 현수가 멈칫했다.

어느새 홀의 테이블들이 한쪽으로 정렬되어 있었고, 중앙
엔 흰 테이블보를 씌운 탁자 하나만 놓여 있다.

화병도 있고, 촛불도 켜져 있는데 사장과 주방장이 요리대
회 심사위원처럼 엄숙한 표정으로 나란히 앉아 있다.

주방보조 창연 씨는 일일 웨이터인 듯 암 타월(Arm Towel)을
팔에 두른 채 물 잔을 채우는 중이다.

"현수 씨! 요리가 다 된 건가?"

"네!"

현수가 식탁 위에 세팅을 하자 주방장이 바라본다.

"흐음! 와, 이거 향이 좋네. 어떻게 먹는 거지?"

"제가 덜어드릴게요."

"오! 그래? 창연아, 너도 여기 앉아서 먹어."

"네! 쉐프."

주방 보조 창연 씨가 냉큼 주방장 곁에 앉는다.

현수는 오늘의 요리사로서 테이스토피아를 조금씩 덜어서 주었다.

사장은 머리를 숙였고, 주방장은 접시를 들어 올린다. 창연 씨는 포크로 적당량을 떠올렸다.

그러곤 다들 냄새를 맡아본다.

"흐으음! 좋다. 기름지고, 고소한 냄새가 나."

"일단 비주얼은 합격이네요. 냄새는… 흐으음! 냄새도 합격입니다."

"와아! 냄새 진짜 좋네요. 저도 맛있어 보입니다."

각자 한 마디씩 품평을 했다.

"자! 그럼 한번 먹어봅시다."

사장의 말이 떨어지기 무섭게 다들 한 입씩 집어넣었다.

"응……?"

"헙……!"

"으읍……!"

다들 이상한 소리를 내는가 싶더니 이내 멈춘다. 그러곤 정신없이 씹기 시작했다.

"쩝쩝! 쩝쩝!"

"우걱! 우걱! 꿀꺽―!"

"쩝! 우걱! 쩝쩝! 우걱, 우걱!"

제법 많이 만들었던 테이스토피아가 삽시간에 줄어든다.

셋 다 먹는 데 정신 팔려 무슨 맛인지, 어떤 재료가 얼마나 들어갔는지 등에 관한 말 한 마디 없이 씹느라 바쁘다.

맛있다는 무언의 몸짓이다.

'후후! 합격인 거지?'

'폐하! 천하일미 테이스토피아예요.'

도로시는 당연한 걸 왜 묻느냐는 뉘앙스이다.

'그런가?'

생각해 보니 도로시의 말이 맞다.

제대로 조리되어 간이 딱 맞는 테이스토피아는 다른 어떤 요리보다도 맛이 있다.

남녀노소, 국가, 인종 어느 것 하나 가리지 않고 모두가 좋아해서 'FFP'라고도 했다. Food From Philopon의 이니셜로 '마약으로 만든 음식'이라고는 뜻이다.

따라서 셋이 보이는 반응은 당연한 것이다. 하여 고개를 끄덕일 때 도로시의 말이 이어진다.

'저 요리를 김지윤 차장에게도 해주시길 권합니다.'

'응? 뜬금없이 김 차장에게는 왜……?'

'앞으로 폐하의 수행비서 겸 운전기사를 할 여인이에요. 폐하께서 불편해하시는 걸 해소시키려 노력할 거라구요.'

'그러니까 한 번쯤 잘 먹이라고? 다른 뜻 없이?'

'네! 그러길 권해요. 폐하는 그녀에 대해 잘 알지 모르지만 그녀는 폐하에 대해 아는 바가 거의 없으니까요.'

'그러니까 상호 탐색의 시간을 가지라는 거지?'

'맞습니다.'

지윤이 현수에 대해 알면 더 편해지지 않겠느냐는 뜻이다.

물론 도로시에겐 말하지 않은 속내가 따로 있다.

하지만 그게 무언지 밝히라는 명령이 없으니 굳이 말하지 않는 것이다.

'알았어, 기회를 볼게. 참 Y—엔터에 내 사무실 만든다더니 그건 다 되었어?'

언젠가는 지윤이 찾아올 것이기에 물은 말이다. 히야신스로 오라곤 할 수 없는 노릇이다.

'멤버들 숙소 먼저 꾸미느라 조금 늦기는 했지만 내일이나 모레쯤, 넉넉히 잡아 이번 주 안에는 완성될 듯해요.'

'면적은 얼마나 되는데?'

'사무실 면적 8평, 부속실 4평, 전용 화장실 2평이에요.'

'14평? 실면적으로? 근데 부속실은 뭐야?'

현재 사용하는 숙소 면적의 6배 크기이다.

'네! 실면적 14평 맞구요, 부속실은 피곤하면 주무실 수 있는 작은 침실이에요.'

'침실? 거기에 그런 게 왜 필요해?'

'그럼 여기 계속 계실 거예요? 별것도 아닌 것들에게 매일

수모를 당하시잖아요.'

'말 나온 김에 여쭙는데 여긴 언제 떠나실 건가요? 왜 이
좁은 곳에서 고생하시느냐구요.'

'폐하가 어떤 분이신지 혹시 잊으셨어요?'

'신체 나이 25세인데 설마 치매가 온 건 아니죠?'

'말해보세요. 이 그지 같은 곳은 언제 탈출해요?'

잔소리 많은 마누라가 있다면 딱 이럴 것이다. 도로시는 생
각나는 대로 마구 쏘아대는 것처럼 잔소리를 해댔다.

이 순간 현수가 짐작도 못 하는 일이 빚어지고 있다.

히야신스에 와서 소란 피운 것들에 대한 응징이 가해지고
있는 것이다. 이 일은 전적으로 도로시가 주관한다.

현수에게 막말을 했거나, 무례하게 굴었던 여자들은 각자
다른 어려움을 겪고 있다.

은행 대출이 거절되거나, 전화가 먹통이 되고, 카드 사용이
정지되어 불편함을 겪는 건 애교에 속한다.

직장에서 부정을 저질렀다면 그 내용이 회사에 알려진다.

바람을 피우고 있다면 상대가 누군지, 어디서, 무엇을, 얼마
나, 어떻게 했는지에 대한 상세한 정보가 배우자뿐만 아니라
시댁과 친정에도 전해진다.

이밖에 남편과 시부모 또는 시누이 등에 대한 험담을 했다
면 고스란히 녹음되어 당사자에게 보내진다.

휴대폰이나 컴퓨터에 저장된 사진이나 동영상 중 파장을

일으킬 만한 것이 있다면 본인의 SNS에 올라가기도 한다.

아울러 인터넷에 익명으로 달았던 댓글도 모두 실명으로 바뀌어 게시된다. 뿐만 아니라 얼굴 사진까지 노출된다.

삭제 불능이고, 얼마든지 퍼갈 수 있다.

흠을 잡을 수 없는 경우엔 일상생활 중 법규를 어기는 행위를 했을 때 곧장 관공서에 고발된다.

주정차 위반, 무단횡단, 쓰레기 무단투기 등이다.

이마저도 없다면 SNS에 자고 일어났을 때의 쌩얼 또는 코딱지를 후비는 모습같이 추한 장면이 공개된다.

당분간 또는 영원히 원만한 인간관계와 사회생활이 불가능할 노골적인 증거가 첨부되니 발뺌은 쉽지 않을 것이다.

현수의 명이 없었음에도 도로시가 자의적으로 이런 행위를 하는 것은 제국에서 법률로 정해져 있는 '황제에 대한 예우'에 관한 법 때문이다.

누구든 황제를 모욕하거나 모독하면 즉각 제국의 영토 밖으로 추방되며, 영원히 재입국이 금지된다.

제국민들에게 있어 추방은 가장 가혹한 형벌이다. 천국에서 지옥으로 방출되는 것이나 다름없기 때문이다.

도로시는 현재로선 물리적인 처벌을 할 수 없는 상태이므로 궁여지책으로 위와 같은 응징을 가하는 것이다.

어쨌거나 도로시의 잔소리 폭풍이 가라앉자 현수는 준비된
답변을 하였다.

'여기 처음 머물 때 7월 말까지는 있기로 했잖아. 다만 7월
초와 중순에 각각 하루씩 시험 보러 가야 한다고 했고.'

의사 면허를 취득하려면 6월에 원서접수를 하고, 7월 초와
중순에 각각 필기와 실기시험을 치러야 한다.

원서를 접수하는 건 오전에 하면 되지만 필기와 실기시험
은 보건복지부장관이 정한 시간에 가서 응시해야 한다.

'그 약속을 지키시려고요?'

'그럼, 황제가 식언을 하리?'

'끄응! 그건 그렇네요. 알겠어요.'

도로시는 즉각 찌그러졌다.

Chapter 08
—
빌어먹을 몸뚱이!

황제일언중억만금(皇帝一言重億萬金)!

황제의 말은 억만금만큼 무겁다는 뜻이다. 그래서 한번 꺼낸 말은 무조건 지킨다.

현수는 이실리프 제국의 초대 황제로서 모든 군권을 소유하고 있다. 제국군이 가진 능력은 수성, 금성, 지구, 화성 같은 행성을 단숨에 폭파시킬 정도이다.

아울러 모든 제국민들의 생사여탈권까지 가지고 있다.

죽이고자 마음먹으면 수십억 명이라도 단숨에 죽일 수 있다. 명령서에 사인만 하면 그 즉시 시행된다.

진즉에 그랜드마스터를 초월한 슈퍼마스터에 이르렀는지라

세상에서 가장 강력한 무력의 소유자이기도 하다.

소드마스터는 10,000명, 그랜드마스터는 100명과 대결해도 승리를 쟁취한다.

그랜드마스터일 땐 고작 20m였던 검강의 길이가 300m 이상으로 늘어났다. 다가서기도 전에 모조리 허리를 베어버리니 상대가 될 수 없는 것이다.

현수는 슈퍼마스터가 된 후 검강의 위력을 테스트해 보았다. 가장 먼저 1,000㎜ 두께의 강철판을 베었다. 별다른 저항조차 느껴지지 않는 것처럼 베어졌다.

다음으로 시험해 본 것은 '티탄산바륨주석합금' 이다.

섭씨 58~59℃일 때 다이아몬드의 10배에 달하는 견고함을 갖는 초강력 물질이다. 이것 역시 단숨에 베어졌다.

다음은 '탄소나노튜브' 였다.

이것은 철강의 100배를 능가하는 강도를 지니며, 인장력은 강철 용수철의 수억 배에 달하는 물질이다.

그럼에도 검강을 견뎌내지 못하였다. 따라서 현수는 역사상 가장 강력한 무력의 소유자인 것이 맞다.

방어력 역시 우주 최강이다.

유사시가 되면 강력한 호신강기와 더불어 여러 겹의 앱솔루트 배리어가 형성된다.

뿐만 아니라 신형 헤르시온까지 몸을 보호하기에 핵폭발의

중심에 서 있어도 터럭 하나 다치지 않는다.

참고로, 신형 헤르시온은 마도시대 마법병기로 드워프 족장인 나이즐 빌모아와 현수가 개량해 낸 것이다.

이것만 입으면 용암 속에서 헤엄을 쳐도 끄떡없고, 마리아나해구[8]의 바닥에 서 있어도 압궤[9] 되지 않는다.

어쨌거나 현수에겐 죽은 사람도 살려낼 마법도 있다. 물론 죽은 지 24시간 이상이 지나지 않았어야 한다.

이외에도 신이나 보여줄 법한 다양한 능력을 가졌다.

폭풍우와 홍수, 그리고 화산활동과 지진을 제어한다.

물과 불, 그리고 바람과 땅의 정령왕들을 마음대로 부릴 수 있으니 당연한 일이다.

식물의 생장에도 지대한 영향력을 가졌다. 숲의 여신 아리아니, 또한 현수의 말이라면 껌벅 죽기 때문이다.

하여 아마존의 밀림도 뜻에 따라 모조리 고사할 수 있고, 사하라 사막을 울창한 정글로 바꿀 수도 있다.

사실, 달이나 화성 등을 테라포밍하는 데 있어 가장 결정적 역할을 한 것은 4속성 정령과 아리아니였다.

물의 정령왕이 물을 창조해 내면, 땅의 정령왕이 이를 흙속으로 끌어들였다. 바람의 정령왕은 수분의 증발을 멈추게 하

8) 마리아나해구(Mariana Trench) : 태평양 북마리아나 제도의 동쪽에서 남·북 방향으로 2,550㎞의 길이로 뻗은 해구. 평균 너비는 70㎞, 평균 수심은 7,000~8,000m이다. 세계에서 가장 깊은 비티아즈 해연(1만 1,034m)과 그 다음으로 깊은 챌린저 해연(1만 863m)이 있다.
9) 압궤(壓潰) : 눌러서 부숨. 압쇄(壓碎)와 같은 말

였고, 불의 정령왕은 알맞은 온도를 유지시켰다.

다음엔 아리아니가 능력을 발휘하여 식물의 뿌리가 토양뿐만 아니라 수분까지 거머쥐도록 하였다.

그러면 자연스레 산소가 생겨났다. 광합성 현상이 일어나는 중간의 산물이다.

아무튼 현수는 세상의 모든 마법을 재정립하거나 새롭게 창조해낸 장본인이니 못 할 일이 없는 존재이다.

그런데 어찌 그런 위대한 존재가 '한번 내뱉은 말은 주워 삼킨다' 는 식언(食言)을 하겠는가!

따라서 죽으나 사나 7월 말까지는 히야신스의 좁은 숙소에 머물러야 한다.

"창연 씨! 어떤가요?"

"후와아! 현수 씨, 이거 진짜 대박입니다, 대박!"

주방 보조 창연 씨는 말을 더 잇지 못하겠다는 표정이다.

"사장님은 어떠셨어요?"

"현수 씨! 이, 이거 레시피 삽시다. 내가 돈 줄게요. 응? 얼마를 주면 돼요? 대신 다른 덴 팔지 말아요."

줄곧 말을 놓던 사장이 갑자기 말을 올린다.

밑에 두고 부리는 직원이 아니라 동등한 자격을 갖춘 거래 상대라 여기기 시작한 것이다.

현수는 주방장에게 시선을 돌렸다.

"쉐프님! 합격인가요?"

"……!"

신호철 쉐프는 대답 대신 고개만 끄덕인다. 그러곤 눈을 감아 방금 맛본 음식의 여운을 감상했다.

분명 평생 처음 맛보는 진미이고, 52년 생애 중 가장 맛있는 요리였다는 걸 100번이라도 인정할 수 있다.

하여 대체 어떤 식재료를, 어떤 조리 방법으로 조합하여 만들었을까를 생각해 보았다.

신호철 쉐프는 18살에 주방에 첫발을 내디뎠다. 그리고 34년을 한결같이 주방에서 생활했다.

그러는 동안 수없이 많은 음식들을 섭렵하였고, 거의 모든 요리의 조리법을 배우고 익혔다. 하여 처음 보는 음식이라도 웬만하면 어떻게 만드는지 상상이 된다.

그런데 테이스토피아는 그게 되질 않는다. 너무 맛있어서 다른 상념을 가질 수조차 없는 때문이다.

"현수 씨!"

말을 놓던 주방장도 높임말을 쓰려나 보다.

"네, 쉐프!"

"이거 어떻게 만드는지 가르쳐 줄 수 있겠소?"

"맛이 괜찮았다는 말씀이신 거죠?"

"내 평생 맛본 그 어떤 요리보다도 맛이 있었소. 심지어 돌아가신 내 어머니가 어릴 적에 만들어주셨던 고등어찜보다도 훨씬 더 맛이 있소."

본인이 맛본 음식 중 제일 맛있다고 추억하는 것까지도 제쳤다는 뜻이다.

요 대목에서 도로시가 톡 튀어나온다.

'거봐요! 그렇다니까요. 테이스토피아가 짱이에요, 짱!'

'도로시는 맛을 볼 수도 없으면서 왜 그래?'

'된장인지 똥인지 찍어서 먹어봐야 아는 건 아니잖아요.'

'그런가?'

도로시의 말이 맞기는 하다.

'테이스토피아는 2,700년 이상 지상 최고의 음식으로 뽑힌 거예요. 폐하의 위대한 업적 중 하나라구요.'

'끄응! 그런 말은 그만!'

'근데 이름이 너무 길어요. 조금 짧게 줄이시길 권해요.'

그러고 보니 이 시대 사람들이 즐겨먹는 음식은 파스타, 짬뽕, 순대, 김밥, 삼겹살 등 거의 모두 2~3글자이다.

테이스토피아는 무려 여섯 글자이니 줄일 필요는 있겠다.

'테토? 테피? 뭐가 좋을까?'

'저는 디푸드를 권해요. Delicious food의 준말이죠.'

'The Emperor of Yisilipe Empire Heins Kim을 잘 조합해서 하나 만들어봐.'

'차라리 JYISY는 어떨까요? 자이지! 세 글자 발음이잖아요. 파스타, 부리토, 카나페, 리조또처럼 말이죠.'

'좋아! 근데 자이지는 무슨 의미로 만든 거지?'

'지현, 연희, 이리냐, 설화, 예카테리나 황후님들의 이니셜 조합이에요.'

'……!'

현수는 갑자기 말이 없어졌다.

이곳에 오기 전엔 한동안 잊고 있던 이름들이다.

사망한 지 오래되었고, 매일 죽은 이들만 추모하면서 살 수는 없기에 애써 잊으려던 이름이기도 하다.

현수는 사랑했던 아내들의 마지막 모습을 떠올려 보았다.

죽는 순간까지 '당신을 사랑했다'고, '당신과 함께여서 너무도 행복했노라'고 속삭여 준 아내들이다.

시공간 초월마법으로 2016년의 평행차원 지구로 온 뒤로 다섯이 어찌 사는지를 들은 바 있다.

셋은 유부녀가 되었고, 하나는 사망했으며, 다른 하나는 몸을 파는 윤락녀가 되어 있다.

유부녀 셋 중 둘은 형편없는 삶을 살고 있는 중이라 하여 내색하거나 말은 안 했지만 가슴이 저렸었다.

다섯 모두 현수와 1,000년 이상 함께 살았던 존재들이다. 이들의 이름을 합쳐 본인이 세상에 선보인 요리의 이름으로 하자는 도로시의 의견이 대견했다.

사람의 생명은 유한하지만 조리법은 영원히 전수될 수 있다. 따라서 자이지라는 이름으로 정하면 아주 오래도록 기억할 수 있을 듯하다.

'도로시! 고마워.'

'고맙긴요. 근데 자이지는 마음에 드세요?'

'아니! 가운데 글자를 빼면 남자의 성기를 칭하는 말이 되고, SY를 씨로 읽으면 투덜거리는 말이 되잖아.'

'쳇! 그럼 딴 걸로 하세요.'

다소 토라진 듯한 도로시였다.

'그냥 테이스는 어때? 토피아는 빼고.'

'테이스의 T 발음을 P 발음으로 바꾸면 그것도 남자의 성기를 칭하는 말 비슷해요. 차라리 토피아로 하세요.'

'에이, 그건 너무 흔하게 쓰는 거잖아.'

현수와 도로시가 이런 저런 대화를 나눌 때 강주혁 사장은 샐러드 바 대신 테이스토피아 전문점을 내는 건 어떨까 생각했다. 이 맛이라면 무조건 성공이라 판단한 것이다.

"현수 씨! 이 음식 레시피 꼭 팔아요."

히야신스는 폐업을 고려할 정도로 적자였다. 거기에 샐러드 바로 바꾸느라 적지 않은 인테리어 비용도 들었다.

이런 사정을 알기에 현수는 순순히 고개를 끄덕여줬다.

"네! 그럴게요."

강주혁 사장은 한숨 돌린다는 표정이다.

"근데 이제 간신히 손해 본 거 벌충하는 상황이라 당장은 많은 돈 못 드려요."

손님이 늘어서 적자가 흑자로 전환되어 수입이 늘었을 뿐이다. 손해를 벌충했다는 건 강 사장의 생각이다.

매달 200만 원씩 손해였는데 300만 원 이득이 생기면 500만 원을 번 것 같은 착각이다.

이 또한 짐작하는 일이므로 또 고개를 끄덕여 줬다.

"그러세요."

"대신 로열티(royalty)를 지불할게요."

이 정도면 양심이 있다는 뜻이다.

"……!"

"레시피를 알려주면 주방장님과 원가계산을 해보고 음식값을 정할 거예요. 그럼 그중 몇 %를 로열티로 지급할지 그때 의논해요."

"그건 편하신 대로 하세요."

"고마워요! 진짜 고마워요! 샐러드 바로 바꾼 것도 현수 씨 아이디언데 이런 음식까지……."

강주혁 사장은 어둠 속에서 한줄기 빛을 본 사람처럼 감격스러운 표정이다. 이때 신호철 쉐프가 끼어든다.

"현수 씨! 오늘 쉬는 날이긴 하지만 이 요리 한번만 더 만들어봐요."

조리법을 알고 싶어 환장했다는 표정이다.

"그러죠! 근데 아침 드시고 오신 거 아니에요?"

"그러긴 해도 맛있는 거면 또 먹을 수 있지."

현수와 신호철 쉐프가 주방으로 가자 창연 씨와 강주혁 사장이 홀을 정리했다.

이윽고 요리 준비가 갖춰졌다. 현수가 조리대 앞에 서자 신 쉐프가 휴대폰을 꺼내든다.

"동영상으로 찍어도 되겠소?"

"그럼요! 레시피 드리기로 한 거니 마음대로 하세요."

신호철 쉐프와 강주혁 사장은 사촌지간이고, 히야신스 창립 멤버이기도 하다. 그렇기에 혼쾌히 고개를 끄덕여 주었다.

테이스토피아가 다시 조리되었다.

이미 식재료를 다듬어 놓았고, 식용유의 온도도 많이 떨어지지 않은 상태였기에 이번엔 12분 47초 만에 완성되었다.

음식이 다 만들어지자 셋이 달려들어 먹기 시작한다.

"우걱, 우걱! 쩝쩝!"

"크흐으! 이 맛이야, 넘, 맛있어. 우걱, 우걱—!"

"쩝쩝! 쩝쩝!"

5인분이 넘는 양이었는데 5분도 안 되서 다 없어졌다.

그러는 동안 테이스토피아의 새로운 이름이 작명되었다.

앞 글자부터 차례대로 조합해 보았다.

테이스, 테이토, 테이피, 테이아, 테스토, 테스피, 테스아, 테토피, 테토아, 테피아, 이스토 ······.

세 글자 이름은 상당히 많지만 마음에 드는 게 없었다. 이때 도로시가 말을 한다.

'폐하! JI는 어떨까요?'

'제이아이? 지? 자이? 어떤 거?'

'지요! 한자로 슬기롭다, 지혜롭다는 의미의 지(智)요.'

'음식 이름으론 좀 그렇잖아.'

'그냥 그걸로 해요. 전에 제게 소원 두 개 들어주신다고 했잖아요. 설마 잊으셨어요? 녹음한 거 들려 드려요?'

'아냐! 알았어. 그렇게 해. 근데 소원권 둘 중 하나를 확실하게 쓴 거다.'

'네에! 이제 하나 남았어요.'

현수는 도로시에게 뭔가 꿍꿍이가 있다고 생각했다. 하지만 묻지 않았다.

이럴 때 캐묻다가 잘못되면 말려들어간다.

700년쯤 전과 150년쯤 전에 소원권을 준 것 모두 대화하다 말려든 결과이다. 아이큐가 2,500이 아니라 25,000이 돼도 도로시의 논리 정연함은 이길 수 없는 때문이다.

*　　　　*　　　　*

"크아! 배가 부른데도 계속 들어가."

"꺼억—! 나도 배가 터질 것 같아."

"쩝쩝! 진짜 맛있어요. 더 없어요?"

셋은 더 이구동성으로 한번 만 더 만들어달라고 했다. 남은 식재료도 있겠다 못 할 일은 아니다 싶어 또 만들어줬다.

"크으! 현수 씨, 미안한데 소화제 좀……."

"나도 배가 터질 것 같아요. 약국에 가서……."

"으으! 나는 숨도 못 쉬겠어요. 소화제가 필요해요."

현수는 약국을 다녀오는 수고까지 하였다. 사장과 주방장,
그리고 주방 보조는 씩씩대며 간신히 숨만 쉰다.

"강 사장! 이거 팔면 대박이겠네."

"으으! 근데 부작용이… 숨을 못 쉬겠어요."

"전, 배가 터질 거 같아요."

"그럼 허리띠 풀어! 오늘 노는 날이니까."

"벌써 풀었죠. 지퍼까지 다 내렸는데도 배가 너무 불러요.
근데 손님들까지 이러면 어쩌죠? 소화제도 왕창 사다 놓고 그
것까지 팔아야 할 것 같아요."

현수는 피식 웃고는 외출복으로 갈아입었다. 그러고는 곧
장 Y—엔터로 향했다. 약속 시간은 오전 10시 반이다.

*   *   *

녹음실 문을 열고 들어서니 헤드셋을 쓴 채 악보 보며 노
래 부르던 예린과 시선이 마주친다.

약속시간이 다 되었음에도 다른 사람은 아무도 없다.

예린은 잠시 눈을 크게 뜨는가 싶더니 이내 헤드셋을 벗어

던지며 환호성을 지른다.

"와아! 대표님. 오셨다. 대표님! 대표니~임!"

현수는 갑작스레 다가오는 예린을 보고 얘가 왜 이러나 하는 표정을 지었다. 그런데 멈출 기미가 없다.

와락—! 부비부비—!

덥석 현수의 품에 안긴 예린이 뺨을 부빈다.

신장 차이가 있기에 Cheek to Cheek은 안 되고 Cheek to Chest가 되었다. 그러자 잘 말려진 세탁물 냄새를 확인하는 듯 크게 숨을 들이 쉰다.

"하음—! 대표님 냄새. 좋으다."

"……!"

'도로시! 얘 왜 이러는지 알아?'

'몰라요. 왜 그럴까요? 혹시 정신착란 증세 아닐까요?'

'조금 전 노래 부를 땐 멀쩡해보였는데?'

'암튼 몰라요. 왜 그러냐고 한번 물어보세요.'

현수가 슬쩍 품안의 예린을 떼어내려는데 고개를 흔들며 더욱 파고든다.

"아잉, 시로요, 시로! 근데 왜 일케 늦게 오셨쪄요?"

열댓 시간은 기다린 아내 같은 응석이다.

"응? 내가 늦은 거야?"

시계를 확인해 보니 약속된 시각보다 15분이나 이르다.

"그건 아닌데 새벽부터 대표님 기다리다가 늘어서 죽는 줄 알았단 말이에욤."

느닷없는 애교이며, 스킨십이다.

'도로시! 얘, 오늘 왜 이러지? 어디 아파?'

'아뇨! 조금 전까진 멀쩡했잖아요.'

'그럼 왜 이래? 얼른 신체 체크해 봐.'

'그건 이미 해봤는데 큰 이상 없어요. 심장이 조금 빨리 뛰고, 호흡이 약간 가쁘다는 거 외에는요.'

'정말? 신체 수치는?'

'못 믿으시나…? 쳇! 데이터 띄워 드릴게요.'

말 떨어지기 무섭게 허공에 맺힌 상이 보인다.

— 신장 165.6cm   — 체중 52.7kg
— 좌우시력 1.5, 1.5 — 면역지수 81

지극히 정상적이다.

'더 자세한 수치는?'

말 떨어지기 무섭게 또 다른 상이 보인다.

심장기능, 폐기능, 간기능, 신장기능, 소화기능, 혈액순환, 호르몬 분비 등에 관한 세부사항들이 주르르 떠 있다.

중성지질과 HDL, 그리고 LDL콜레스테롤의 현황도 있으며, 간기능도 세분화된 수치들이 보인다.

쭉 훑어보니 거의 대부분 정상 범위 안에 들어 있다.

이밖에 간암, 위암, 폐암, 췌장암, 자궁암, 대장암, 백혈병 등에 관한 자료들도 보이는데 몽땅 '이상 없음'이다.

이걸 확인할 때 도로시의 음성이 들린다.

'다이안 멤버들은 모두 신체 건강해요. 유전질환의 징후도 전혀 없고, 수태(受胎)능력도 좋아요. 면역지수도 높구요. 다만 신장과 체중, 그리고 시력만 약간씩 다를 뿐이에요.'

'그래? 그건 다행이네. 근데 수태능력은 왜 검사했어? 다들 아직 결혼하기 전이잖아.'

'에고! 그건 자궁암과 자궁경부암, 그리고 자궁근종 등에 대한 체크를 하면 자동으로 뜨는 거예요.'

'그래? 뭐 좋다니 다행이네.'

'물론이죠. 어디 아프거나 비정상보다는 나으니까요.'

'좋아! 지금부터 예린이가 왜 이러는지 집중적으로 파봐.'

현수는 혹시라도 문제가 생길 수 있기에 예린의 몸에 전혀 손을 대고 있지 않다.

슬쩍 천정을 보니 예상대로 CCTV가 박혀 있다. 성추행 등의 오해를 사지 않으려면 행동을 주의해야 한다.

"대표니~ 임! 전 대표님이 너무 너무 좋아요! 부모님도 대표님 마음에 쏙 들게 행동하라고 하셨어요."

"으응! 그래? 알았어, 알았어. 근데 나를 좀 놔주면 안 될까? 나 지금 조금 갑갑해."

"치이! 예린이가 이렇게 안아주는 게 싫으신 거예요?"

콱 깨물어주고 싶을 만큼 앙증맞은 애교이다. 하지만 깨물어줄 수는 없다. 아니, 절대 그래선 안 된다.

"아, 아니, 그게 아니라 내가 조금 답답해서 그래. 예린이가 너무 꽉 안고 있잖아."

예린은 두 팔로 현수의 허리를 감싸 안았고, 가슴에 얼굴을 대고 있다. 힘주기 좋은 자세이다.

"치이! 알았어요. 이번만 봐줄게요."

예린이 떨어져 나가기 직전에 문이 벌컥 열린다.

"예린아……! 어? 대표님…!"

예린이 현수의 품에 바싹 붙어 있다가 떨어지는 장면을 목도한 멤버들의 눈에서 레이저가 뿜어져 나온다.

"대표님—!"

리더인 서연의 음성은 약간 날카로웠다. 직책만 불렀을 뿐인데 뭔가 지적하거나 야단치는 뉘앙스였다.

멤버들의 시선을 받은 현수는 아무렇지도 않은 표정으로 바라보았다.

"왜?"

이때 예린을 째려보던 정민이 입을 연다.

"방금 전에 예린이랑 뭐 하셨어요?"

"예린이가 반갑다고 달려오더니 안아주더라."

"……!"

멤버들의 살벌한 시선을 받은 예린은 슬쩍 시선을 돌린다.

이때 세란이 입을 연다.

"우리는……!"

서연과 정민, 그리고 연진이 동시에 대꾸한다.

"하나다! 죽어도 같이 죽고, 살아도 같이 산다!"

말 끝나기 무섭게 멤버들 넷이 현수를 포위한다.

"대표님! 들으셨죠?"

"뭘?"

"저희는 하나예요. 그니까 예린이가 안아드렸던 것만큼 저희도 안아드릴 거예요."

"뭐……?"

"거절은 없는 거예요. 먼저 연진이!"

말 떨어지기 무섭게 연진이 현수를 꽉 끌어안는다. 그러곤 체취를 흡입하듯 빨아들인다.

"흐으으음! 냄새 진짜 조으다. 하아아!"

"끄응……!"

현수는 두 팔을 살짝 벌린 채 가만히 있을 수밖에 없었다. 포옹을 피하려다가 자칫 서연과 정민, 그리고 세란의 가슴을 건드릴 수 있는 상황이었던 때문이다.

그렇게 20초 정도가 지났다.

"다음은 세란이!"

연진이 떨어져나가고 세란이 안겨온다. 조금 전보다 푹신하다는 느낌이다. 유난히 발달한 가슴 때문이다.

현수는 이번에도 얌전히 시간 가기를 기다렸다.

세란은 과감하게 현수의 등과 가슴을 더듬었다. 하여 아주 조용한 음성으로 속삭여줬다.

"세란아! 이거 성추행인 거 알지?"

그런데 뭔가 잘못된 듯하다.

"흐윽! 흐어엉—!"

갑자기 허리를 죄는 세란의 팔에 힘이 잔뜩 들어간다.

당연히 더 깊숙이 밀착되면서 세란의 가슴을 더욱 확연히 느낄 수 있게 되었다.

현수가 귀에 속삭인 것이 성감대를 자극한 결과이다.

다음은 정민이었다. 가슴 깊이 안겨 두 눈을 꼭 감고 있는데 볼이 잘 익은 능금처럼 빨개졌다. 귀여운 모습이다.

마지막은 리더인 서연이다.

정민이 떨어져나가자 두 눈 질끈 감고 품속으로 파고들었다. 그러곤 가슴에 얼굴을 부비며 가쁜 숨을 쉰다.

'이거야 원……! 이제 여긴 자주 오면 안 되겠어.'

현수는 멤버들의 작전에 속은 것이다.

서연을 비롯한 멤버들은 조 지사장의 충고를 받아들여 내부결속이 흐트러지는 어떠한 일도 하지 않기로 약속했다.

음모를 꾸민 건 6성급 호텔 못지않은 인테리어와 시설을 갖춘 전용 숙소에 입주한 날 밤이다.

현수는 해체될 뻔한 자신들에게 히트곡을 준 것으로도 모자라 어마어마한 액수의 계약금까지 안겨주었다.

게다가 꿈에서 바라던 바하마의 멋진 휴양지에서 정말 즐거운 시간을 보내게 해주었다.

저택 거실과 침실에서 바라보는 풍광은 진정 최고였다.

여기에 최고의 음식과 최고의 음료, 그리고 최고의 의상과 최고의 잠자리까지 제공되어 너무도 만족스러웠다.

귀국하니 흰색 익스플로러 11인승 밴 신형이 떡하니 기다리고 있었다. 그걸 타고 Y—엔터로 왔는데 단언컨대 걸그룹 최고의 숙소가 마련되어 있었다.

각자 본인이 원하는 방에 짐을 풀면서 환호성을 질렀다. 침대, 노트북, TV, 냉장고, 화장대 등이 완벽하다.

게다가 6성급 호텔 뺨칠 정도로 고아하면서도 세련된 인테리어는 눈이 돌아갈 지경이다. 뿐만 아니라 멤버들을 위한 각종 집기까지 모두 갖춰져 있었다.

삼시 세끼 맛있는 요리를 해주러 오시는 아주머니의 음식 솜씨도 대단히 만족스러웠다.

이 모든 것이 현수로부터 연유된 것이다. 그래서 현수를 낚아보려고 음모를 꾸몄다.

남아프리카공화국의 결혼 제도와 일부다처제에 관한 자료까지 다 확인한 후의 일이다.

조 지사장은 Y—엔터가 얼마나 성장할지에 대한 브리핑을 해주었다. 멤버들의 단합을 더 굳건히 하려 자청한 것이다.

그 결과 결속력은 더욱 강해졌다.

평생을 같이 살 가족이 되기로 약속했으니 감췄던 속내까지 모두 공개하면서 꽁했던 마음과 오해까지 모두 풀어냈다.

오늘은 최종 녹음일이고, 현수가 프로듀서이니 반드시 올 것이다. 하여 '음모의 날'로 잡았다.

그래서 가장 대범한 예린이 혼자만 남겨두고 밖에 숨어 있었던 것이다.

예린은 현수 품에 안김과 동시에 들고 있던 휴대폰 버튼을 눌렀다. 밖에 있는 멤버들에게 미리 입력해놓은 메시지를 전송하는 버튼이었다.

잠시의 시간이 흐른 후 녹음실 문이 열렸고, 예린이 현수의 품에 있는 장면이 목격되었다.

이후엔 작전대로 다 되었다.

이 모든 작전의 총지휘자인 서연은 지금 현수의 품에 안겨 행복한 미소를 짓고 있다.

그러곤 아주 작은 음성으로 속삭였다. 현수의 귀에 간신히 들릴 정도였으니 다른 사람들은 듣지 못했을 것이다.

"아아, 대표님! 사랑해요. 정말 사랑해요! 사랑해요!"

'끄응……!'

현수는 속으로 낮은 침음을 냈다.

'여긴 진짜 오면 안 될 곳이네.'

이때 침묵모드에 있던 도로시가 다시 등장했다.

'왜요? 좋기만 하네요. 뭘……!'

'좋아? 뭐가?'

'다이안 멤버들 모두 초특급 미녀라는 거 혹시 잊으신 거예요? 미녀들이 온힘을 다해 안아주니까 좋잖아요.'

'그래! 예쁜 건 인정해. 하지만 이게 뭐가 좋은 거야? 마음만 불편하구만. 안 그래?'

'네! 안 그래요. 멤버들이 안을 때마다 폐하의 심장이 두근거려서 혈액순환에도 좋으니까 매일매일 오세요.'

'끄응! 내 몸이 그랬어?'

'네~! 몸은 거짓말 못 하거든요. 진짜로 멤버들이 안아줄 때마다 심박수가 조금씩 늘어났어요.'

'끄응! 빌어먹을 몸뚱이.'

Chapter 09
—
시작되는 사업

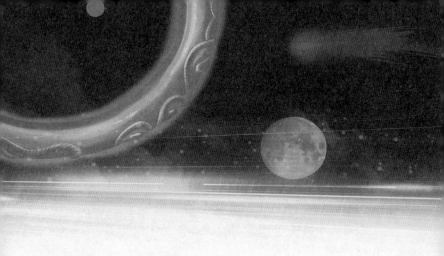

현수의 신체는 25세 청년과 동등하다. 아니, 지구의 모든 청년 중 가장 강건하고, 팔팔하다.

모든 신체기능이 그러하니 멤버들이 안아주고, 가슴에 뺨을 비비며, 달콤한 숨을 내쉴 때마다 신체의 몇 부분이 이 자극에 즉각 반응했다.

뇌와 심장, 그리고 말할 수 없는 또 한 부분이다.

도로시가 어찌 이걸 놓쳤겠는가!

현수는 감추고 싶은 비밀이 드러난 것 같은 마음이 들었다. 하여 나직이 속으로 투덜거렸다.

'이젠 진짜로 여기 오지 말 거야.'

'칫! 그냥 여기서 사세요. 위에 숙소도 있잖아요. 그러면 천국에서 사시는 게 될 거예요. 천국!'

'싫어! 그렇겐 못 해.'

현수가 고개를 좌우로 저을 때 두 볼이 붉게 물든 서연이 품에서 빠져나간다. 그와 동시에 멤버들이 소리친다.

"대표님! 고맙습니다. 사랑합니다."

단체로 허리 숙여 절을 하는 모습을 보니 영락없는 걸 그룹이다.

"에고~!"

현수가 나지막이 한숨을 쉴 때 조 지사장과 조 매니저, 그리고 엔지니어가 차례로 들어선다.

분위기 살피는 걸 보니 작전에 당한 느낌이었지만 모두 시선을 외면하니 물어볼 수도 없었다.

현수는 시선을 끌기 위해 두어 번 손뼉을 쳤다.

짝, 짝—!

"자! 오늘이 마지막 녹음입니다. 신경 써서 잘합시다."

"네, 대표님!"

다섯 쌍둥이가 한꺼번에 소리를 지르는 듯하다.

녹음이 시작되었고, 현수는 예민한 청각으로 잘못을 짚어냈다. 멤버들은 현수가 평상시엔 온화하고, 다정다감하지만 일적인 부분에선 매우 엄격해진다는 걸 알게 되었다.

그럴 수밖에 없다.

이번 앨범으로 다이안은 재탄생된다.

한때 반짝했다가 완전히 몰락해버린 걸 그룹이었는데 찬란한 태양처럼 다시 떠오르게 되는 것이다.

'지현에게'와 '첫 만남'이 아주 긴 세월 동안 인류의 사랑을 받은 것엔 결정적인 이유가 있다.

첫째, 신선한 선율이다.

지구와 다른 아르셴 대륙의 화성으로 작곡되었는지라 다른 곡들과 확연히 차별된 느낌이다.

둘째, 아름다운 멜로디이다.

'내 사랑 클레멘타인', '매기의 추억', '철새는 날아가고', '돌아오라 소렌토로', '올드 랭 자인'보다도 선율이 아름다운 곡을 현대적으로 편곡하였다고 생각하면 된다.

셋째, 치유와 회복기능이 있다.

두 곡은 들으면 들을수록 마음이 편해지고 기분이 좋아진다. 심신이 이완되고, 스트레스가 해소되며, 걱정은 사라지며, 마음이 너그러워지니 치유와 빠른 회복효과까지 발생된다.

현수가 부른 곡이 이미 그 효과를 입증하고 있다.

하여 아일랜드 데프 젬 레코딩스가 발매한 앨범은 이미 미국 전역을 강타하고 있는 중이다.

현재 빌보드 차트 3위에 랭크되어 있는데 모두가 곧 1위로 올라갈 것이라 예상하고 있다.

음악을 다루는 거의 모든 방송 프로그램에서 'To Jenny'와

'First Meeting'을 집중적으로 소개하고 있다. 어떤 방송국에선 하루에 10번 이상씩 내보내기도 한다.

이처럼 원곡이 발표되어 있는지라 다이안이 형편없이 불러 버리면 문제가 된다. 하여 아주 엄격히 채찍질했다.

적어도 자신이 그어놓은 기준선 위에는 올려놓아야 한다고 생각한 것이다.

혼을 낼 때는 눈물이 왈칵 쏟아지도록 야단쳤고, 잘했을 때에는 온갖 칭찬을 늘어놓아 행복한 기분이 들도록 했다.

이런 조련 끝에 녹음은 오후 6시 반쯤에 끝났다.

현수 혼자 불렀던 것과 비교해도 손색이 없을 정도의 완성도를 가진 앨범 탄생이 준비된 것이다.

중간에 1층 분식집으로 내려가 미리 주문해 둔 푸짐한 점심을 먹은 시간 30분과 식사 후 2층 카페에서 가졌던 30분의 티타임을 제외하면 거의 7시간이나 걸렸다.

멤버들은 두 곡을 바하마에 있을 때부터 연습했다.

현수가 깜짝 놀라는 모습을 보자고 멤버들이 대동단결했던 것이다. 그렇게 맹렬히 연습했음에도 상당히 오래 걸려 녹음이 끝난 것이다.

"이번이 처음이라 시간이 많이 걸린 것 같은데 다음부터는 3시간 이내로 끝내야 합니다. 이제 내 스타일 알겠죠?"

"네, 대표님! 오늘도 수고하셨습니다."

멤버들의 배웅을 받으며 사옥을 떠난 현수는 히야신스로

복귀했다. 태을제약 태정후 사장과 이예원 실장이 오기로 했기 때문이다.

*　　　　*　　　　*

"먼저 와 계셨군요. 반갑습니다. 하인스 킴이라 합니다."

악수 후 명함을 건네자 먼저 도착하여 기다리고 있던 태 사장 또한 명함을 건넨다.

"저는 태정후라 하고, 이쪽은 이예원 실장입니다."

"반가워요. 이예원입니다."

이예원 실장에게도 명함을 건넸다. 피부는 까칠하고, 눈 밑의 다크 서클은 진했다. 피로가 풀리지 않는 모양이다.

태정후 사장에게선 상쾌하지 않은 냄새가 풍겼다.

사무실에서 기거하다 보니 제대로 씻지 못하고, 의복도 빨아 입기 불편해서 그런 듯하다.

"한국말을 아주 잘하시는 군요. 교포이신가요?"

이 실장의 물음이다.

"아뇨! 저는 남아공 사람입니다."

"네? 어, 어디요?"

둘 다 엄청 당황한 표정이다. 영락없는 한국인이 스스로 나는 한국사람 아니라고 화내는 듯 하니 당연한 일이다.

"제 얼굴이 이래서 다들 오해하시는데 한국인이 아니라 남아프리카공화국 사람입니다."

말을 하며 여권을 펼쳐보였다.

"아! 그렇군요."

둘은 납득했다는 듯 고개를 끄덕였다.

그러면서도 '이건 뭐지?' 하는 표정이다. 이성적으로는 납득했지만 감성적으론 혼란이 온 것이다.

이곳은 히야신스에서 멀지 않은 곳에 위치한 일식집이다.

인근에도 룸이 있는 스터디카페들이 많지만 사업이야기를 할 만하지 않다 하여 이곳으로 정했다.

"참, 식사는 하셨는지요?"

"······!"

오후 7시 반이 약간 지났음에도 대답이 없다. 아직 못 먹었다는 뜻이다.

"그럼 주문부터 하죠. 저도 아직 저녁 전입니다."

"네, 그러시죠."

기다리고 있던 종업원에게 가장 비싼 메뉴를 주문했다. 종업원이 물러나자 태 사장이 기다렸다는 듯 입을 연다.

"화장품 회사를 만드신다고 들었습니다만······."

어제 오후 도로시는 착신만 되는 이예원 실장의 핸드폰으로 전화를 걸었다. 그러곤 바하마에 본사를 둔 다국적기업이 한국의 화장품 시장에 진출하려 한다고 이야기했다.

회사명은 'Y—코스메틱'이다.

회사 설립까지만 도와주고 빠져도 되고, 계속하길 원한다면 적당한 보직에 임명될 것이라 이야기했다.

그러면서 내일 있을 대표와의 면담을 마치면 각각 20만 원의 면접비가 지급된다고 했다.

현금은 씨가 말랐고, 한 푼이 아쉬운 상황인지라 태 사장과 이 실장은 무조건 OK 했다.

하여 이 자리에 동석해 있는 것이다.

"네! 화장품에 관심이 있어 진출하려 합니다."

"아! 그렇군요."

태정후와 이예원은 돈 되는 일이라면 무엇이든 해야 하는 절박한 상황에 놓여 있다. 그렇기에 긴장된 눈빛으로 현수의 다음 말을 기다렸다.

"현재는 사무실조차 없어 이리로 모셨습니다. 혹시 실례가 되었는지요?"

"아, 아뇨! 괜찮습니다."

태 사장은 무슨 망발이냐는 표정이다.

"제 비서를 통해 들으셨겠지만 Y—코스메틱은 바하마에 본사를 둔 Y—인베트스트먼트가 100% 출자하여 만드는 회사가 될 겁니다."

"아! 네에. 그렇게 들었습니다."

대답을 할 때 문이 열리고 음식이 들어온다.

"아무래도 사업이야긴 식사 후에 해야겠습니다."

"네! 그렇죠."

사업을 오래했기에 계속해서 새로운 음식이 들어올 것이라는 걸 알기에 대꾸한 말이다.

이때부터 음식을 먹기 시작했다. 그렇게 30분쯤 흘렀다. 그러는 사이에 간간이 대화를 주고받았다.

"그러니까 마포구 신수동 쪽에 사무용 건물을 올리실 예정이라는 거죠?"

"그렇습니다. 건물이 완공되면 Y—엔터와 Y—코스메틱, 그리고 Y—에너지 등의 본사가 입주하게 될 겁니다."

"외람된 말씀이지만 하인스 킴 대표님은 상당히 어려, 아니, 젊어 보이십니다. 나이가 어떻게 되시는지요?"

"서른하나입니다. 근데 다들 스물다섯 정도로 보시더군요."

여권을 다시 한번 보여주었다.

1985년 9월 28일생이라 분명히 기록되어 있다.

"그래도 나이에 비해 상당히 큰돈을 만지시는 것 같은데 부친으로부터 물려받으신 건가요?"

"아! 그건 아닙니다. 제 부모님은 모두 작고하셨습니다."

"아! 유감입니다."

"아뇨! 괜찮습니다. 오래되었는데요."

"그럼 어떻게 그 큰돈을……?"

출처가 궁금하다는 뜻이다. 설명이 필요하다.

"Y-인베스트먼트는 이익이 발생할 만한 곳을 찾아 투자하는 펀드로 조성된 겁니다. 저는 운용자금에 대한 전권을 가졌을 뿐입니다."

"능력이 대단하신 모양입니다."

"제 자랑 같지만 말씀을 드려야 할 것 같군요. 한국에선 자꾸 나이만 보니까요."

말을 하며 품에 있던 서류들을 꺼냈다.

"이건 남아공 행정수도에 위치한 프리토리아 의과대학 졸업장이고, 이건 의사 면허증입니다."

"어……! 의사셨습니까?"

의외라는 표정이다. 하긴 사업이야기를 하자고 사람 부르는 의사가 흔하진 않을 것이다.

"네, 면허가 있으니까요. 근데 한국에선 인정을 안 해주더라고요. 그래서 이곳 면허도 따려고 준비 중입니다."

"아무래도 그렇겠지요."

다른 나라 의사 면허를 한국에서 그대로 인정해 준다면 욕심 많은 한국의 학부모들은 빚을 내서라도 자식들을 외국 의대로 보낼 것이다.

수단, 소말리아, 보츠와나, 앙골라, 차드 같은 나라들의 의대는 거의 대부분 한국보다 훨씬 낮은 실력으로도 입학이 가능하다. 그 결과 실력 없는 의사들로 인한 의료 사고가 빈번하게 발생될 것이 뻔하다.

태 사장이 고개를 끄덕일 때 먹음직한 회가 들어온다.

직접 이 회를 뜬 주방장이 이렇게 말한다.

"4월에 제일 맛이 있는 자연산 감성돔과 볼락입니다. 싱싱한 놈으로 잡았으니 맛있게 드세요."

현수는 지갑에서 팁을 꺼내 건넸다.

그러곤 회 한 점 집어 입에 넣고 맛을 음미했다. 주방장의 말대로 회는 싱싱했고, 쫀득했으며, 맛이 좋았다.

"맛이 괜찮네요. 두 분도 많이 드세요."

또 한동안 대화가 끊겼다. 먹기 바빴던 것이다. 모든 음식이 나오고 후식이 나올 때쯤 본격적인 대화가 시작되었다.

"Y─엔터의 자본금은 500만 달러입니다. Y─코스메틱의 자본금은 얼마나 되어야 할까요?"

"법인 사무실만 유지하고 제품을 외국에서 들여오면……."

현수는 태 사장의 말을 잘랐다.

"아뇨! 한국에서 생산할 겁니다."

"그렇습니까? 그럼, 품목은 어떤 걸로 하실 건지……?"

이번에도 현수가 말을 잘랐다.

"이걸 만들려 합니다."

현수가 내민 건 듀 닥터 성분표이다.

2013년에 태을제약이 만들었어야 할 바로 그것이다.

디오나니아 잎사귀 수액이나 트롤의 체액이 첨가되지 않은 오리지널이니 현재의 공정으로 얼마든지 만들 수 있다.

제약회사 사장이라 태 사장은 한눈에 듀 닥터가 어떤 효능을 보일지 짐작했다.

"흐음! 만들기만 하면 괜찮겠네요."

태 사장으로부터 성분표를 건네받은 이 실장도 고개를 끄덕인다. 서당 개 3년이면 풍월을 읊는다더니 제약사에 오래 몸담아서 그런지 대충은 알아보는 모양이다.

"좋을 거 같네요."

현수는 이걸 그대로 만들 마음이 없다.

성분비를 조금만 바꾸고, 첨가물을 약간만 달리해도 훨씬 더 뛰어난 화장품이 만들어진다는 걸 알기 때문이다.

"공장은 새로 짓는 것보다 기존의 것을 인수하여 공정에 맞게 손보는 것이 좋을 듯합니다."

땅 사서, 터다지고, 건물 올리고, 생산설비 갖추고 나야 비로소 제품생산이 가능하다는 걸 말하는 거다.

"그렇겠죠. 괜찮은 거 있으면 추천해 주세요."

"……!"

태 사장이 한참을 머뭇거린다. 이때 이 실장이 슬쩍 찌른다. 하고 싶었던 말을 하라는 뜻이다.

탁자 저쪽 아래에서 일어난 일이지만 현수는 모든 걸 알고 있다. 하지만 내색하진 않았다.

추천해달라고 했으니 기다리는 것이 맞기 때문이다.

"아실지 모르겠습니다만 제가 소유한 공장이 있습니다."

"아! 그래요? 어디에 있는데요? 규모는요? 화장품을 생산할 만한가요? 창고도 있어야 하는데."

현수는 짐짓 모르는 척했다. 외국인이 모든 걸 다 알고 있으면 이상하지 않겠는가!

"공장은 경기도 화성군 팔탄면에 있습니다. 부지는 4,000여 평이고, 연면적 1,700평 정도 됩니다."

"그런가요? 가격은요?"

"시세는 50억 원 정도 되는데 대출받으면서 근저당 설정이 많이 되어 있는 데다 제가 하던 사업이 잘 안 돼서 압류가 많이 들어와 있습니다."

"에고, 그러셨구나."

현수는 짐짓 유감이라는 표정을 지었다.

"대표님이 이 공장을 사시겠다면 45억에 넘기겠습니다."

"……!"

현수는 잠시 말을 끊었다.

*   *   *

'도로시! 실제로 50억 가치가 있어?'

'네! 주변 공장들의 매물 시세를 보면 그 정도가 맞아요.'

'공장에 근저당 설정된 거랑 압류 들어온 거 다 풀려면 얼마가 필요해?'

'태 사장의 빚은 41억 8,761만 8,150원이고요. 이예원 실장은 3,841만 3,840원이에요. 어제보다 조금 늘었어요.'

'임대료도 밀렸다며.'

'그건 원금만 1,740만 원이구요.'

태 사장의 드러난 빚이 42억 501만 8,150원이란다. 공장을 45억 원에 넘기면 3억 정도가 남는다.

'빚이 42억 정도인데 왜 경매에 안 넘어간 거지?'

'시세랑 감정가랑은 다르니까요.'

'아! 그렇겠구나.'

시세는 50억 원이지만 감정가는 40억 원 정도로 잡힐 수 있다. 경매에 들어가면 이 금액을 기준으로 입찰한다.

그런데 경매가 실시되어도 곧바로 낙찰되는 것은 아니다. 아무도 입찰하지 않으면 유찰(流札)된다.

이럴 경우 한 달 정도 뒤에 20%가 빠진 32억 원에 다시 경매된다. 또 유찰되면 25억 6천만 원이 되어버린다.

이런 식으로 계속 유찰되면 애초 가격에 비했을 때 형편없는 가격이 되기도 한다.

서울에 감정가 4억 1,400만 원짜리 실버주택이 있었다.

모종의 사유로 경매에 붙여졌는데 무려 14번이나 유찰되는 일이 빚어졌다. 그 결과 다음 입찰은 최초 감정가의 4%인 1,820만 원까지 내려갔다.

아마 다음 기일에도 낙찰되긴 어려울 것이다.

선수위 전세권자가 배당 요구 신청을 하지 않아 낙찰자가 전세금 인수와 잔여 존속기간도 보장해야 하는 때문이다.

참고로, 유찰이 계속되는 동안 이 부동산의 감정가는 5억 6,000만 원으로 올라 있는 상태이다.

어쨌거나 낙찰이 되면 1순위 채권자가 가장 먼저 자신의 몫을 챙겨간다.

다음이 2순위 채권자, 3순위 채권자 순이다.

이보다 후순위 채권자들은 푼돈을 만지게 되거나 아예 한 푼도 못 건질 수도 있다.

현재 화성시 팔탄면에 소재한 태을제약 공장의 1순위 채권자의 채권액은 36억 원이다.

은행 관행상 대출금액의 120%를 근저당 설정하므로 실제 대출금액은 30억 원이다.

따라서 한 번 유찰된 후 32억 원에 낙찰된다면 후순위 채권자들은 한 푼도 못 만질 수 있다.

연체된 이자가 2억 원이 넘을 경우에 그러하다.

얄짤 없기로 이름난 국민건강보험공단과 국민연금공단에서 경매신청을 안 하는 이유가 여기에 있다.

경매 후, 태 사장이 파산선고까지 받게 되면 채권이 몽땅 사라져 버린다. 그렇기에 후순위 채권자들도 경매 신청을 못 하고 눈치만 보고 있는 것이다.

그렇다면 30억 원이나 대출해 줬던 최대 채권자인 은행이 왜 가만히 있었을까?

1순위 채권자인 은행이 경매신청을 하지 않은 이유는 3개월 전에 연체된 이자를 모두 납입했기 때문이다.

태 사장은 일단 시간을 벌어놓고 실수요자만 찾으면 시가에 처분될 수도 있을 거라 생각했다.

그렇게 하여 50억 원에 매각하면 모든 빚을 청산하고도 남는 돈이 조금 있기 때문이다.

문제는 연체된 은행이자를 납입할 여력이 없었다는 것이다. 하여 궁여지책으로 재고를 덤핑처리 했다.

그래서 태을제약의 창고는 텅 비어 있는 상태이다.

'또다시 연체가 시작되었으니 은행에서 못 기다리겠다고 통보를 하겠지?'

'잠시만요! 맞네요. 경매에 넘기려 하네요. 지점장 결재만 떨어지면 곧바로 시작이에요.'

10초도 안 되는 사이에 은행 전산망은 물론이고 인트라넷까지 홀랑 다 뒤진 모양이다. 역시 도로시이다.

'그러면 한 푼도 못 만질 수 있는 거지?'

'네! 지금으로선 10% 할인된 45억 원이라도 받는 게 태 사장에겐 유리해요.'

'그쪽 부동산 추이는 어때?'

'땅값은 계속 오르는 추세예요. 근데 주변에 내놓은 공장

들이 많네요. 불경기이기 때문이에요.'

'매물이 많으니까 실수요자들이 거들떠도 안 본 거구나.'

'정확한 판단이세요. 굳이 이리저리 얽히고설킨 골치 아픈 물건은 사고 싶지 않은 거죠. 역시 폐하는 문일지십이세요. 그 동네에 가보지도 않으셨는데 어쩌면……'

'도로시! 그만……'

'넵……!'

"좋습니다. 사죠!"

"아! 정말이십니까?"

태 사장과 이 실장은 눈에 뜨이게 반색한다.

"다만 오늘은 늦었으니 내일 계약서를 작성하죠."

"아! 감사합니다. 정말 감사합니다."

애타게 찾으려 했던 실수요자이다.

그래서인지 태 사장이 자리에서 벌떡 일어나 정중히 고개를 숙인다. 이예원 실장도 다르지 않다.

나이 어린 현수가 어찌 앉아서 어른의 절을 받겠는가! 하여 얼떨결에 일어나 맞절을 해야 했다.

"그럼, 공장은 해결되었네요."

다시 자리에 앉은 현수가 싱긋 웃음 짓자 태 사장과 이 실장이 당연하다는 듯 고개를 끄덕인다.

"못 믿으실지 모르겠습니다만 정말 잘 지어진 공장입니다.

그러니 크게 손댈 곳은 없을 거예요."

"네! 그래야죠. 참, 제약설비로 화장품을 만들 수 없을 테니 부족한 건 두 분이 수고 좀 해주셨으면 좋겠습니다."

"네! 말씀만 하십시오."

공장을 사준다면 월급 한 푼 안 받고도 일할 용의가 생긴 듯 금방 적극적인 모습이 된다.

"태 사장님은 Y—코스메틱의 전무, 이 실장님은 이사로 모시고 싶은데 어떠세요?"

"저, 저희를요?"

둘 다 얼떨떨한 표정이다. 전혀 예상치 못했던 것이다.

"제가 알기로 태 사장님은 약학을 전공하셨고, 이 실장님은 경영학을 전공하신 걸로 아는데 아닌가요?"

"아뇨! 맞습니다. 그렇긴 한데 저희를 어떻게 믿고……."

요 대목에서 현수는 피식 웃음 지었다.

태정후 사장과 이예원 실장이 어떤 가치관과 심성을 가진 사람인지 너무도 잘 알기 때문이다.

"하나 여쭤봐도 될까요?"

"네! 말씀하십시오."

"태을제약 직원 수가 얼마나 되었나요? 가장 많았을 때요."

"많을 땐 공장에 98명, 본사에 41명이 있었죠. 저 빼고요."

"그분들 다 그만두고 이 실장님만 남은 거죠?"

"네! 다, 제가 과한 욕심을 부려서 그렇습니다. 그때 건설업에 눈을 돌리지만 않았어도……"

태정후 사장은 고개를 떨궜다.

정말 후회되는 일이었기 때문이다. 건설에서 말아먹는 바람에 부친으로부터 물려받은 회사는 망했고, 아내와 딸은 떠나 버렸다. 함께 일하던 직원들도 모두 해고해야 했다.

"제가 여쭤보고 싶은 건 그만둔 직원들의 미지급 급여와 퇴직금이 얼마냐 되느냐는 겁니다."

현수의 말이 떨어지기 무섭게 태 사장이 고개를 든다. 생각해 보고 말고 할 문제가 아니라는 뜻이다.

"미지급된 건 없습니다. 그건 제가 다 챙겨서 줬습니다. 다만… 우리 이 실장은……"

"사장님, 전 괜찮아요."

이예원 실장이 태 사장의 등을 살짝 두드린다. 눈물을 떨구려 했던 때문이다.

현수는 두 사람의 인성이 자신의 기억과 일치함을 느끼고 미소 지었다.

"직원들을 그렇게 대하셨기 때문에 제가 믿는 겁니다. 다시 여쭙죠! Y-코스메틱 전무로 오시겠습니까?"

"어유! 저야 고맙지요. 열심히 일하겠습니다, 사장님!"

"사장 말고 대표로 불러주십시오. 이 실장님은요?"

"저도 써주시기만 한다면 당연히 가야죠, 대표님!"

말을 하며 환히 웃는다. 미소가 예쁜 얼굴이다. 그리고 보니 탤런트 우희진과 분위기가 흡사하다.

어쨌거나 곧 원룸에서 쫓겨나 집도 절도 없을 상황에 처해 있건만 전혀 티내지 않고 있다.

"자! 그럼 두 분은 Y-코스메틱에 채용되신 겁니다. 참! 이사를 하셔야 하는데 괜찮으시겠어요?"

"이사… 요? 어디로 가야 하는지요?"

약간은 긴장된 표정이다. 왠지 이상한 기분이 든 것이다.

'도로시! 마포에 매입된 아파트 뭐가 있지?'

'확보된 건 현석동에 소재한 웰스트림아파트 45평형 14채가 있어요. 전용 면적은 34평이구요. 안방을 제외한 침실이 3개짜리예요.'

'벌써?'

어느새 그렇게 많이 매입을 했느냐는 뜻이다.

'올해 2월에 입주가 시작되서 매물이 많아요. 집중적으로 매입하는 중이에요. 미입주 물량이 많거든요.'

'좋아, 몇 층짜리에 몇 층을 산 거지?'

'29층짜리인데 층수는 12층부터 28층까지 다양해요. 가격은 12억 원이에요. 이건 아직 명의 이전이 안 되었어요.'

'좋아 28층과 27층에 각각 하나씩 Y-코스메틱 명의로 등기해. 참, 한강은 잘 보여?'

'당근이랍니다. 아! 말밥도 되네요.'

'그게 무슨…? 아! 당근이 말밥이라고?'

'넹! 역시 폐하는 똑똑하셔요.'

도로시와 대화를 마친 현수가 두 사람을 바라본다.

"Y—코스메틱이 Y—인베스트먼트에서 투자하는 기업이라고 말씀드렸죠?"

"네, 조금 전에 말씀하셨습니다."

이예원은 여전히 긴장된 표정이다.

외국으로 가라고 할지도 모르는데 신용불량자인지라 혹시라도 출국이 금지되는지 여부를 알 수 없어서이다.

그럼 말짱 황이 되는 수도 있기에 긴장하고 있다.

"저희 Y—인베스트먼트 그룹은 계열사 임원들에게 주거와 차량을 제공합니다."

"네?"

놀란 표정이지만 무시하고 말을 이었다.

"그러니 회사가 제공하는 아파트로 이사하세요. 위치는 마포구 현석동이고, 새로 입주하는 아파트라 깨끗할 겁니다."

"네? 그게 무슨……!"

대기업이라도 임원에게 집을 제공하지는 않는다.

물론 거주지에서 멀리 떨어진 지방이나 외국으로 발령을 낼 경우는 예외이다.

그렇기에 한 번도 생각하지 않은 말을 들은 표정이다.

그러거나 말거나 할 말은 이어야 한다.

"차량은 선호하는 차종이 있다면 직접 선택하십시오."

"……?"

너무 과한 대접이라 생각했는지 둘 다 말이 없다.

"Y—코스메틱의 1차 자본금은 300억 원입니다. 차차 더 늘어날 수도 있어요. 당분간은 사무실을 임대해서 쓰겠지만 신수동 Y—빌딩이 완공되면 그리로 이사 갈 겁니다."

"네에."

너무 환상적인 이야기라 생각했는지 얼떨떨한 표정이다.

Y—빌딩의 규모까지 들었다면 입에 거품을 물고 기절했을지도 모른다.

"자! 오늘은 여기까지 하시고 내일 아침에 만나서 계약을 하시죠."

"네에, 알겠습니다."

Chapter 10
—
급여가 작죠?

　"법인 설립부터 두 분이 하셔야 하니까 조금 번거로우실 거예요. 돈 아끼려고 직접 다니지 마시고 법무사에게 맡기셔도 되고, Y—그룹 고문변호사인 주효진 변호사에게 말씀하셔도 됩니다. 편한 대로 하시면 됩니다."

　말을 마치고 주효진 변호사의 전화번호를 건네주었다.

　"네, 알겠습니다."

　"법인이 설립되고, 계좌가 만들어지면 공장 매입비용을 제외한 자본금이 들어갈 거예요. 그때까지는 통장으로 송금해드릴 테니 찾아서 쓰시면 됩니다."

　"죄송한데 태 사장, 아니, 태 전무님과 제 통장은 압류가 걸려 있어서 사용할 수가……."

이예원 이사는 면목이 없다는 표정이다. 이미 알고 있는 사실인지라 크게 개의치 않는 표정을 지어 보였다.

"그런가요? 그럼 경비를 드릴 테니 당분간은 그걸 쓰십시오. 그나저나 태 사장님은 왜 그런지 알겠는데 이 이사님의 계좌는 왜 그런 거죠?"

"신용카드와 휴대폰, 그리고 원룸 임대료 등이 밀려서……."

말하기도 부끄럽다는 듯 고개를 푹 숙인다.

"이 이사님 계좌는 얼마나 있으면 풀립니까?"

"네…? 저는……."

"괜찮아요. 말씀을 하셔야 그 계좌를 이용하지요."

"죄송해요. 연체 이자까지 4,000만 원쯤 될 거예요."

실제로는 이보다 조금 적다. 어쨌거나 매우 부끄럽다는 듯 또 고개를 숙인다.

"그럼 이렇게 해요! 이 이사님 개인 계좌로 일단 5,000만 원을 보낼게요. 그걸로 낼 거 다 내세요. 그리고 남는 걸 경비로 쓰세요."

"그래도… 될까요?"

이예원 이사는 부끄러움이 뭔지 아는 사람임이 분명하다.

"제반경비는 당연히 회사에서 부담하는 거지만, 이 이사님 빚 갚는데 사용될 4,000만 원은 급여에서 차감할 겁니다."

"네, 당연히 그러셔야죠."

이예원은 크게 고개를 끄덕인다. 당연하다는 뜻이다.

"한 달에 400만 원씩 10개월이면 되겠네요."

"네……?"

이예원 이사의 눈이 대번에 커진다.

월급을 대체 얼마나 주는데 한 달에 400만 원씩이나 빼가냐는 뜻이 아니다.

태을제약이 멀쩡할 때 최고로 많이 받은 월급이 400만 원이다. 세전이라 국민연금과 건강보험료, 갑근세 등을 뗀 실수령액은 346만 원 정도였다.

그런데 이보다 많이 줄 모양이다. 자신에게 무슨 능력이 있다고 그러려 하느냐는 뜻에서의 반문이었다.

"그러고 보니 두 분 보수에 대한 말씀을 안 드렸네요."

"……!"

둘은 대답대신 현수의 입만 바라보았다. 어떤 숫자가 나올지 궁금했던 것이다.

"태 전무님 연봉은 4억 8천만 원, 이 이사님은 3억 6천만 원을 생각하고 있습니다."

태정후는 월 4,000만 원, 이예원은 월 3,000만 원을 지급받는다는 뜻이다. 물론 여기서 세금이 공제된다.

"네에……?"

몹시 놀란 모양이다. 그렇다면 한번 찔러봐야 한다.

"혹시 부족해서 그러시는 건가요?"

"아, 아뇨……! 그, 그런 거 아닙니다."

"에이, 명색이 임원인데 조금 적다고 생각하신 거죠?"

"아, 아닙니다. 진짜 아닙니다."

둘은 열심히 손을 흔든다.

지금 둘의 주머니에 든 돈을 다 합치면 1만 3,600원이다. 버스카드에 든 금액까지 합쳐도 2만 원이 안 된다.

지난 1년간 둘은 정말 거지같은 삶을 살았다.

아침은 굶고, 점심은 사무실에서 라면으로 때웠다.

저녁도 휴대용 가스렌지로 냄비 밥을 해먹었다. 반찬은 김치와 멸치볶음 정도이다.

짜장면과 짬뽕을 먹은 적이 없는 건 아니다. 창고에 그득하던 의약품을 덤핑하러 다닐 때 먹어봤을 뿐이다.

어쨌거나 1식 2찬인 생활만 1년인데 갑자기 거금을 준다고 하니 대경실색한 표정을 짓는 것이다.

"회사가 자리 잡고, 매출이 궤도에 오르면 올려드릴 겁니다. 지내보시면 알겠지만 Y—그룹은 인색하지 않습니다."

태 전무와 이 이사는 현수가 말한 인상시기가 아직 멀었다고 생각했다.

공장 손보고, 화장품 제조설비 갖추는 것만으로도 두 달은 금방이다. 제품생산 후 소비자들에게 팔리기 시작하는 건 그보다 두 달은 더 있어야 할 것이다.

내놓자마자 팔리지는 않기 때문이다.

신문과 TV, 그리고 인터넷 사이트에 광고를 하던 입소문이 나던 뭔가 계기가 있어야 팔리기 시작할 것이다.

따라서 급여인상 시기는 빠르면 1년 후, 아니면 그보다 훨씬 미래의 일일 거라 생각했다.

"네! 알겠습니다. 저희는 방금 말씀하신 것만으로 만족합니다. 그러니 천천히 올려주십시오."

"그때가 되면 섭섭지 않게 올려 드릴 겁니다."

"네! 감사합니다."

태 전무와 이 이사가 돌아간 후 도로시에게 물었다.

'도로시! 대기업 임원들 연봉이 얼마나 되지?'

'등기이사와 비등기이사는 차이가 있어요.'

'기업경영에서 중요한 의사결정을 하고, 그에 대한 법적인 지위와 책임을 갖는 게 등기이사지?'

'맞아요! 흔히 부르는 이사, 상무, 전무는 회사 내에서의 직급을 나타내주는 거죠. 방금 말씀하신 이사회에 참여할 권한을 부여받지 못하면 비등기이사예요.'

'많이 차이나?'

'잡코리아 조사에 따르면 2016년 대기업 신입사원 평균 연봉은 3,893만 원이에요. 비등기 이사는 이것의 10배, 등기이사는 27배라고 보시면 돼요.'

'평균연봉을 4,000만 원으로 잡으면 비등기 이사는 4억이고, 등기이사는 10억 8천만 원이라는 뜻이지?'

'맞아요! 따라서 태 전무님 연봉 4억 8천만 원은 짠 건 아니에요. 아직 비등기 이사니까요. 이 이사님은 조금 적지만 그래도 나이가 있잖아요.'

이예원은 서른두 살이다.

대학을 졸업하자마자 대기업에 입사했다면 8년 정도 근무했을 터이니 과장쯤 되어 있을 것이다.

2016년 현재 대기업 과장의 연봉은 4,700~7,380만 원이고, 평균 연봉은 5,770만 원 정도 된다.

3억 6천만 원은 이것의 여섯 배가 넘는 금액이다. 그러니 큰 불만은 없을 것이라는 뜻이다.

'알았어! 1년쯤 지난 후 태 전무와 이 이사를 등기이사로 올리면서 그때 연봉조정 하면 되겠네.'

'그러세요.'

'참, 김인동 씨 연락은 어떻게 되었어? 곽진호 씨는?'

'곽진호 씨부터 말씀드리자면 퇴직은 되었지만 아직 집 문제가 남아 있어서 며칠 더 있어야 상경할 듯해요.'

'연희랑 장모님, 아니, 강 여사님은?'

'강연희 님의 임신중독증은 여전해요. 강 여사님은 그 후론 병원 진료기록이 없어요. 상태가 더 악화되었을 것으로 짐작될 뿐이에요.'

현수는 슬쩍 이맛살을 찌푸렸다.

'인천에 아파트 사라는 건 샀어?'

'네! 주효진 법률사무소 사무장이 직접 계약서 작성했어요. 집이 비면 바로 인테리어 작업 들어갈 거예요.'

현수는 고개를 끄덕였다. 지시한 일이 순조롭게 진행될 때의 습관이다.

'좋아. 유니콘 아일랜드 팀에는 내가 연락할게.'

'지금 외국 출장 중이신거 잊으셨어요?'

'아! 그렇군. 그럼 도로시가 김 대리, 아니, 김지윤 차장에게 연락해서 유니콘 아일랜드 팀 파견해 달라고 해.'

'네, 그럴게요.'

'김인동 씨는? 찾았어?'

'아뇨! 휴대폰이 망가졌는지 위치추적이 되질 않아요.'

'뭐어? 위성으로도 안 돼?'

'임시로 머물고 있는 여인숙에 들어간 것까지는 확인했는데 나오는 건 미확인 상태예요. 안면인식과 체형인식, 그리고 두형인식으로 찾고 있어요.'

하늘에서 내려다보면 사람의 얼굴을 확인할 수 없는 경우가 있다. 주변에 유리 등 반사물질이 있으면 그걸 이용하겠지만 건설현장에 그런 게 있을 리 없다.

하여 위에서 내려다본 머리의 모습과 체형, 그리고 걸음걸이 등으로 찾고는 있지만 아직 못 찾았다는 뜻이다.

'휴대폰 확인이 안 된 건 언제부턴데?'

'어제요! 어제 오후 8시 17분 25초까지는 추적 가능 했는

데 갑자기 위치가 고정되는가 싶더니 신호가 사라졌어요.'

'뭔 일 생긴 거 아냐?'

'뭔 일이라뇨?'

'지현이와 통화할 때 뭐 이상한 거 없었어? 평소와 다를 법한 내용의 대화를 했다든지 뭐 그런 거 있잖아.'

'혹시, 자살시도가 걱정되시는 거예요?'

'그래! 확인해 봐.'

'알았어요.'

잠시 통신을 끊은 도로시는 위성과 연계하여 김인동의 행방을 찾아보았다.

짧은 시간이지만 온갖 수단을 다 동원해서 찾아보았다.

유능한 수색대원 5,000명과 군견 500마리가 동원된 것이나 다름없다. 그래도 성과가 없자 전국의 모든 병원을 뒤졌고, 동시에 야산과 저수지, 강, 바다 등도 뒤졌다.

이 과정에서 자살을 시도하는 사람 여섯을 발견하여 모두 119에 신고하였다. 김인동을 찾으려 하지 않았다면 모두 죽었을 사람들이다.

'없어요! 확인이 안 돼요.'

'끄응! 어떻게 한다?'

'폐하께서 존체를 직접 움직이실 생각은 아니신 거죠? 제가 더 열심히 찾아볼 테니 고정하세요.'

'지금 고정할 때가 아니야. 잘못되면 지현이가 얼마나 슬프

겠어? 안 그래?'

권지현은 공무원으로 재직할 당시 강단 있는 일처리로 윗사람들의 신임을 받았다. 단호할 때는 서릿발이 내릴 정도로 결단력을 보여준다.

반면 감성이 여려서 작은 일에도 눈물지을 때가 많았다.

남편이 자살로 생을 마감한다면 평생 마음의 상처로 남아 지속적인 고통을 줄 것이다.

전 남편으로서 그런 걸 어찌 두고 보겠는가!

'안 되겠어. 새벽에 내려가 봐야지. 끄응 이럴 땐 마법을 쓸 수 없는 게 너무 불편해.'

'근무는요? 새벽에 가셔도 왕복하기엔 시간이⋯⋯.'

남달리 책임감 강하다는 걸 알기에 하는 지적이다.

'사장님께 양해를 구해야지. 어쩌면 사람의 생명이 걸려 있는 일일 수도 있으니까.'

'밤이 늦었는데 제가 문자 보낼까요?'

'그래! 미사여구 넣지 말고 담백하게! 가능한 빨리 다녀오겠다고 하고.'

'넹!'

현수의 말이 떨어지기 무섭게 강주혁 사장의 휴대폰이 부르르 떤다. 간만에 쉬는 날이라 시원한 맥주 한잔을 즐기고 있던 강 사장이 휴대폰을 집어 들었다.

사장님!

갑자기 목포로 가야 할 일이 생겼습니다. 사람의 생명이 걸린 일이라 지체할 수 없습니다.

지금 나가서 심야버스를 타고가려 합니다.

최대한 빨리 다녀오도록 노력하겠지만 혹시라도 늦을까 싶어 미리 양해를 구합니다. 죄송합니다.

"급한 일? 사람의 생명? 뭐지?"

강 사장은 고개를 갸웃거리곤 메시지를 작성했다.

에고, 그런 일이라면 다녀와야지요.

걱정일랑 하지 말고 볼일 다 보고 오세요.

괜히 서두를 필요 없다는 뜻입니다.

오늘 먹은 '지'는 참 맛있었습니다.

근데 메뉴 이름이 조금 그래요.

다녀오는 동안 괜찮은 걸로 생각해 보세요.

참! 문단속 잊지 마세요.

"폐하! 다녀와도 괜찮다고 합니다."

"오키! 목포 가는 고속버스는 어디서 타지?"

"센트럴시티 터미널이에요. 서초구 신반포로에 위치해 있어요. 나가시는 동안 안내해 드릴게요."

"알았어."

현수는 잽싸게 외출복을 입고 히야신스를 나섰다.

*   *   *

성신여대 역에서 전철을 타고 가다 충무로역에서 3호선으로 환승했다. 그렇게 이동하여 센트럴시티 터미널에 당도하는데 불과 40분밖에 걸리지 않았다.

터미널 도착시간은 11시 04분이었다. 서두른다고 서둘렀지만 11시 05분 차를 타는 건 불가능했다.

확인해보니 11시 55분에 출발하는 막차가 남아 있었다. 심야우등고속이다.

이걸 타면 03시 45분에 목포종합터미널에 도착한다. 하여 서둘러 티케팅을 했다. 두 좌석이 남아 있어 다행이었다.

티켓을 끊고 나서야 주변을 둘러볼 수 있었다. 한밤중인데도 오고가는 사람들이 많았다.

"하아암!"

문득 하품이 나왔다. 현수의 바이오리듬은 지금 잠자리에 있어야 할 시간이다. 얼마 안 되는 기간이었지만 잠들어 있는 습관 때문에 그런지 왠지 피곤한 듯 느껴졌다.

'도로시! 가는 동안 잘 수 있을까?'

'그럼요. 아주 숙면을 취하게 해드리죠.'

'그래도 신문 한 장 사야겠다.'

'그러실 필요 없어요, 제가 HUD로 보여 드릴게요.'

벤치에 앉아 기다리는 동안 뉴스들을 섭렵했다.

그중 눈에 뜨이는 기사가 보였다.

국제탐사보도언론인협회(ICIJ)와 함께 국내 언론사 한곳이 비밀리에 진행해온 조세도피처 취재 결과였다.

파나마에 본사를 둔 한 대형로펌에서 내부 데이터가 유출되는 일이 있었다. 역사상 최대 분량이라 한다.

조세도피를 돕는 것으로 악명 높은 이 로펌에서 유출된 자료는 1970년부터 2015년까지 무려 1,100만 건이다.

이에 ICIJ는 세계 100여 군데 언론사들을 규합하여 이 데이터에 대한 공동 취재를 진행해 왔었다.

그 결과 세계 각국의 대통령과 총리 12명, 그들의 친인척 61명, 고위 정치인과 관료 128명, 세계적 갑부 29명이 역외 탈세와 돈 세탁, 자금 은닉 등에 연루되었음이 밝혀졌다.

한국과 관련된 파일도 1만 5,000여 건이나 있다. 확인 결과 한국인 245명의 명단이 입수되었다.

전직 대통령들의 아들들과 이름만 대면 누구나 알 수 있는 재벌 일가 등 사회 지도층 인사들이 상당수 있었다.

이 보도는 다른 이슈를 모두 집어삼켰다. 인터넷 최상위 검색어도 모두 이 뉴스와 관련된 것들이다.

'도로시! 이거 다 확인한 거지?'

'에고! 제가 누굽니까? ICIJ에서 입수한 자료는 진즉에 다 파악했지요. 그뿐만 아니라 문제의 로펌 자료들은 몽땅 훑어서 탈탈 털었어요.'

'그치?'

역시 도로시라는 표현이다.

'지금 보도되는 건 뒷북이에요.'

'돈을 다 빼돌려놓았으니까 놈들은 욕만 먹는다는 거지?'

'네! 아마 지금쯤 식겁하고 있을 거예요.'

도로시의 말은 사실이다.

언론에 해외 비자금 은닉에 관한 뉴스들이 쏟아지자 일부 인사들이 자신의 계좌 확인에 나섰다.

언론이나 국세청이 추적하기 전에 다른 조세도피처로 옮겨놓고 오리발을 내밀려는 의도이다.

그런데 뭔가 이상하다. 계속해서 계좌 확인이 안 되는 것이다. 별수를 다 써도 안 되자 직접 전화를 걸었다.

그런데 통화가 되지 않는다. 전 세계로부터 한꺼번에 전화가 걸려와 연결이 쉽지 않은 것이다.

같은 순간, 얼굴에 개기름이 줄줄 흐르는 인사들이 한 자리에 모여 있었다.

이곳은 강남에 위치한 최고급 룸살롱이다.

오늘 보도에 이름이 오른 재벌사 부사장이 긴급히 여당 주요인사들에게 와주십사 청탁하여 모인 자리이다.

국해의원(國害議員)[10] 들이 당도하자 이번에 도와주면 그 은혜를 잊지 않겠다며 머리를 조아렸다.

그리고 나랏일을 하는데 피곤하실 터이니 피로회복제 한 박스를 차에 실어놓겠다고 하였다.

어찌 무슨 소리인지 모르겠는가!

이런 일을 위해 5만 원권 발행에 적극 찬성한 바 있다.

5만 원짜리가 발행되기 이전에 비자금을 담는 데 많이 사용된 것은 007가방과 사과박스였다.

2002년 '차떼기 사건[11]' 때 당시 한나라당은 40여 개의 사과박스에 든 현금을 전달받은 바 있다.

007가방에는 1만 원짜리 신권이 7,000만 원 정도가 들어간다. 사과상자에는 1억 5,000만 원이 들어간다.

크기에 비해 들어가는 액수가 적었다. 하여 5만 원권 발행에 적극 찬성하였다.

그렇게 하여 5만 원권이 발행되자 훨씬 부피가 작은 피로회복제 박스가 애용되고 있다. 하나당 1억 원이 들어간다.

의원들은 차 뒷좌석에 실려 있을 피로회복제 박스를 생각

10) 국해의원 : 국개의원과 동의어, 나라에 해를 끼치는 벌레
11) 차떼기 사건 : 2002년 12대 대선 때 한나라당이 LG로부터 150억 원 가량의 뇌물을 트럭 째 받아간 사건.

하며 흐뭇한 웃음을 지었다.

짭짤한 일당이라 생각하는 것이다. 그래서 이렇게 말한다.

― 이 의원! 정말 큰일입니다. 어쩌다 그런 자료들이 유출되어서… 이러다간 나라꼴이 엉망이 되겠어요.

― 맞습니다, 박 의원! 즉각 압력을 가해 명단 발표를 막아야 합니다. 그게 다 밝혀지면 혼란이 와요, 혼란이!

― 국정원을 동원해서라도 이건 막아야 합니다.

― 그래요! 이런 건 국민들이 알 필요가 없는 겁니다.

― 맞습니다. 국민들이 알아서 좋을 게 없어요. 막말로 그 돈이 국민들 겁니까? 아니잖아요. 근데 왜 다 까발려서 일을 복잡하게 만드는지 모르겠어요.

― 망할 놈의 기자들, 어떻게 하는 방법 없을까요? 모조리 잡아다 조져버렸으면 좋겠어요. 안 그래요, 최 의원?

― 아. 그럼요! 저도 그렇게 생각합니다. 요즘은 쓰레기 같은 기자들이 너무 많아요. 마음 같아선 모조리 잡아다 교수형에 처하고 싶어요.

― 김 의원, 이럴 땐 물 타기를 해야죠. 연예인 관련 뉴스 하나 터뜨리면 잠잠해질 겁니다.

― 허어 참! 세상이 어찌 되려고 이런 것을 밝히고 난리란 말입니까? 안 그렇습니까? 강 의원?

― 맞습니다. 근데 재정기획부 장관은 지금 뭐 한답니까?

— 국세청 동원해서 언론사를 뒤집어엎는 건 어떨까요? 아 님 삼청교육대를 부활시키는 게 좋을 듯합니다.

개만도 못한 것들이 모여서 개 같은 소리나 지껄이고 있다. 그런데 이들은 꿈에도 몰랐을 것이다. 본인들의 대화가 생생하게 녹음되고 있다는 것을!

서로 이 의원, 김 의원, 박 의원, 강 의원, 최 의원이라 부르고 있으니 누구인지는 금방 밝혀질 것이다.

'도로시!'

'네! 폐하.'

'기왕에 이렇게 되었으니 외국인들 돈도 싸그리 긁어버려.'

'네! 즉시 명을 받드옵니다. 그럼 잠시 뉴스 보고 계세요.'

왠지 도로시의 음성이 들뜬 것 같다. 검은 돈 긁어모을 생각에 몹시 신이 나는 모양이다.

현수의 이런 짐작은 정확했다.

도로시는 조세회피처에 은닉해 둔 검은 돈들부터 싸그리 인출했다. 단돈 1센트도 남지 않고 싹싹 긁어낸 것이다.

이 돈은 즉시 이체되기 시작했다.

수백, 수천 번 정도가 아니다. 이번엔 수백, 수천만 번이나 이합집산을 시켰다. 당연히 내전 중인 국가도 거쳤고, 실제로 건드리기 어려운 인물의 회사와 계좌들도 거쳤다.

아프리카에선 세 살배기 아이들의 계좌도 거쳤다. 딱 세 살을 의미하는 건 아니고, 12세까지를 의미한다.

다른 계좌들과 달리 이 계좌들은 입금액과 송금액에 차이가 있다.

2016년 현재 기아(飢餓) 인구는 약 7억 9,500만 명이나 된다. 세계 인구의 9분의 1이 굶주리고 있는 것이다.

굶은 채 학교를 다니는 아이 수는 1,600만 명이고, 영유아 사망자 수는 무려 310만 명에 이른다.

어느 곳에서는 음식이 남아서 버려지는 데, 지구의 다른 한 곳에서는 굶어죽고 있는 것이다.

한국 돈으로 250원이면, 영양이 부족한 아이들의 하루 식비를 충당할 수 있다고 한다. 하여 아프리카 각국의 아이들 계좌엔 각각 100달러씩 남겼다.

365일 곱하기 250원을 하면 9만 1,250원이다. 100달러는 11만 7,575원이니 1년치 식비를 조금 넘기는 돈이다.

아프리카의 독재자들이 빼앗을 수도 있다는 걸 알지만 그렇게라도 해야 마음이 편해서 그렇게 조치했다.

어쨌거나 도로시는 돈 세탁이 매우 능숙하다. 이미 경험한 일인지라 빈틈없이 완벽하다.

그렇기에 금융전문가 100억 명이, 단 1초도 쉬지 않고, 1,000년간 추적해도 찾을 수 없을 것이다.

어쨌거나 검은 돈들은 모조리 도로시가 만든 가상은행 계좌에 넘어가 있다. '가상계좌'가 아니라 '가상은행'이다.

서류상으로만 존재할 뿐 실체가 없는 회사를 '페이퍼컴퍼니'라고 한다. 도로시가 만든 은행은 서류상으로도 존재하지 않는다. 오로지 넷상에서만 존재할 뿐이다.

당연히 실체가 없다. 이걸 만든 존재는 인간이 아니다. 그렇기에 어느 누구도 추적할 수 없다.

설사 도로시라는 걸 알게 되더라도 방법이 없다. 인간도 아니고 실체가 없는 AI(인공지능)를 어찌 벌준단 말인가!

게다가 현수는 이런 은행을 만들라는 지시를 내린 적도 없다. 도로시가 알아서 충성하는 중인 것이다.

아무튼 이 가상은행의 명칭은 'The Bank of Emperor'이다. 모든 관리는 도로시가 하며, 전 세계 어느 은행으로든 즉각 입출금 가능한 시스템이 갖춰져 있다.

뉴스를 보고 깜짝 놀라 잔고를 확인했던 각국 대통령과 총리, 그리고 그 일가와 정치인, 경제인, 법조인, 연예인 등은 대경실색하지 않을 수 없다.

늘 마음 든든하게 해주었던 은닉 자금이 단 한 푼도 남아 있지 않다는 걸 알게 되었기 때문이다.

즉시 해당 은행 등으로 전화를 건다. 그런데 통화가 되지 않는다. 수많은 연결이 시도되는 때문이다.

화가 머리끝까지 올라 대리인들을 보낼 것이다. 하지만 아무것도 건지지 못할 것이다.

정상적인 방법으로 계좌번호와 비밀번호를 입력하여 출금한 기록만 볼 수 있을 뿐이기 때문이다.

이쯤 되면 뭔가 이상하다 싶어 대대적인 수사를 가해야 하지만 권력자들은 슬그머니 덮으려 압력을 가한다.

시끄러워지면 본인들에게 좋을 게 없는 때문이다. 그리고 돈은 다시 모을 수 있는 것이기 때문이기도 하다.

하여간 개 같은 놈들이다. 아니, 개만도 못한 벌레 같은 것들이다. 이런 것들이 사회지도층으로 있으면서 떵떵거리는 나라는 언젠가 망하게 될 것이다.

현수가 고속버스를 타고 가는 동안 세계 각지의 온갖 군상들이 당황하고, 놀라고, 난리 피우고, 화내고, 때려 부수는 등의 난동을 부렸다.

그렇다 하여 없어진 돈이 계좌로 다시 돌아가는 일은 결코 일어나지 않는다. 그러거나 말거나 현수의 뇌리엔 현대 의학지식이 입력되는 중이다.

"하아암! 도착한 거야?"

"네! 내리세요."

"그래."

버스에서 내린 현수는 택시에 올라탔다.

"아저씨! 온금동 남도여인숙이요."

"어디……?"

"온금동 남도여인숙 혹시 모르세요?"

"그 이름이 한둘인가? 주소 알믄 주솔 갈쳐달랑게."

"네! 온금동 ……."

내비게이션에 불러준 주소를 찍더니 뒤를 돌아본다.

"그기까정은 차가 못 올라가부러."

"그래요? 그럼, 최대한 가까운 곳까지 부탁합니다."

기사님이 내려준 곳은 가파른 계단 앞이다.

현수는 도로시가 일러주는 대로 어둡고, 좁은 골목을 이리
저리 휘감아 돌며 언덕을 올랐다.

유달산의 가파른 경사면에 조성된 이 마을을 한마디로 표
현하자면 달동네[12] 라 할 수 있다. 낡은 집들과 알록달록한 슬
레이트 지붕, 그리고 좁은 골목이 인상적이다.

'하긴… 이래서 추적하기 힘들었겠구나.'

골목은 양쪽에서 삐져나온 슬레이트 지붕으로 하늘을 가
리다시피 하고 있다.

게다가 거미줄처럼 이리저리 얽혀 있다.

위성의 성능이 아무리 좋아도 추적이 어려웠을 것이다.

잠시 후 현수는 남도여인숙이라 쓰인 간판을 볼 수 있었다.
도로시가 콕 집어서 말해주지 않았다면 지나칠 뻔했다.

---

12) 달동네 : 도시 외곽의 산등성이나 산비탈 등 비교적 높은 지대에 가
난한 사람들이 모여 사는 동네

문 옆 담벼락에 붉은 페인트로 쓴 글씨가 너무 오래되어 흐릿했던 것이다.

낡은 대문엔 비닐을 뒤집어 쓴 A4용지가 붙어 있고, 다음과 같은 내용을 담고 있다.

달방 있어요!
월 10만 원

한 달에 10만 원이면 하루 3,300원 꼴이라는 뜻이다.

벌이가 시원치 않은 사람들에겐 싼 값에 몸을 누일 공간일 것이다.

현재 시각은 새벽 4시 30분경이다. 해가 뜨려면 아직 두 시간은 더 있어야 한다.

가로등이나 방범등이 없기에 골목은 매우 어두웠다. 하지만 현수의 시각은 이런 어둠 따위는 충분히 극복한다.

괜히 슈퍼 마스터이겠는가!

"여긴가?"

"네! 폐하. 여기 맞습니다."

Chapter 11
—
남도여인숙에서 생긴 일

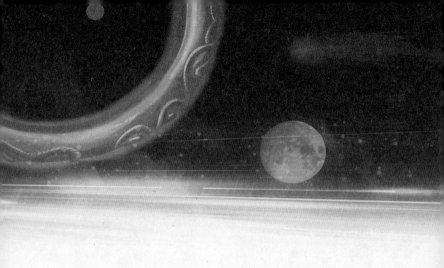

　남도여인숙은 일제시대 때 지어진 집이 분명하다. 건드리면 쓰러질지도 모른다는 느낌이 들 정도로 낡아 보인다.

"문이……."

말을 하며 슬쩍 밀어보는데 녹슨 경첩이 비명을 지른다.

삐이~꺽!

경첩도 이 집만큼 늙었는지 비명 소리는 크지 않았다. 기력다 떨어진 아흔 노인네의 밭은기침[13] 소리 정도였다.

"열려 있구나."

---

13) 밭은기침 : 병이나 버릇으로 힘도 들이지 않고 소리도 크지 않게 자주 하는 기침

슬쩍 안을 살폈는데 아무런 반응이 없다. 하긴 모두가 곤히 잠들어 있을 시간이다.

"어떻게 하지? 그냥 들어가?"

문 앞에 서서 잠시 갈등했다.

해도 뜨지 않은 어두운 새벽인지라 들어가는 것이 저어되었다. 자칫 도둑으로 몰릴 수도 있기 때문이다.

이때였다.

"게… 뉘슈?"

문득 등 뒤에서 들리는 소리에 고개 돌려보니 여든은 족히 넘은 구부정한 할머니가 보인다. 녹슨 캐리어 손잡이를 쥐고 계시니 일을 나가려는 모양이다.

'이런 새벽부터 나가시는 거야? 좀 더 쉬시지 않고.'

건강해 보이지도, 말짱해 보이지도 않는 노쇠한 할머니이다. 그런데 해도 안 뜬 새벽부터 움직여야 입에 풀칠을 하시는 듯하다. 안쓰러웠다.

"할머니! 여기 주인을 좀 뵙고 싶은데 혹시 아시나요?"

"여그 주인? 난디? 난, 와 찾는당가?"

"여기에 김인동 씨라고 삼십대 초반인 남자가 있다 해서 찾으러 왔어요. 혹시 아시나요?"

"으잉? 누구? 아! 대구서 온 김씨 말이제?"

아시는 듯하다.

"네! 아세요?"

"아, 그럼! 나가 여그 주인이랑게. 그 김 씨는 저그 저 방에 있어부러. 근디 어디가 아픈지 어제부터 끙끙 대쌌네."

"그래요? 제가 좀 들어가 봐도 되겠습니까?"

"그짝은 으뜨케 왔는디?"

누구냐는 뜻이다.

"저는 김인동 씨 부인이 보내서 온 사람입니다. 남편이 집을 나갔는데 안 온다고, 저더러 대신…, 임신 중이거든요."

현수의 말은 중간에 잘렸다.

"뭐여…? 임신? 아따 지 마눌이 아그를 뱄다는디 집을 나왔브렀다 고라? 저눔 저거 콱 썩어뿔 놈이네."

김인동이 있는 방을 손가락으로 가리키신다. 어느 방인지 확실히 알게 되었다.

"그렇죠? 제가 좀 들어가 봐도 될까요?"

"암만! 싸게 들어가 보드라고. 썩어뿔 놈 같으니……"

할머니는 이 말을 끝으로 더 볼일 없다는 듯 녹슨 캐리어를 끌고 골목 아래로 내려가셨다.

허리는 굽었고, 걸음도 시원치 않으신지 뒤뚱거리신다. 안쓰러웠지만 지금은 김인동을 찾는 게 우선이다.

여인숙은 미음자 구조이다. 대문 안쪽 좌우는 문간방이고, 서너 걸음 들어서면 자그마한 마당이다.

시멘트를 발라놓아 편평한데 가운데 수도가 있다.

여인숙에 머무는 사람들이 방에 들어가기 전에 발이라도 닦는 듯 빨랫줄에 수건이 주르르 널려 있다.

몇 발짝 더 들어가 김인동이 머무는 방 앞에 서서 귀를 기울였다. 사방이 고요한지라 작은 기척도 들릴 것이다.

예상대로 소리가 들린다.

"우읍, 우으읍! ……!"

이상한 소리가 두어 번 나더니 잠잠해진다.

'뭐야? 잠꼬대였나?'

현수가 고개를 갸웃거릴 때였다.

툭―! 쿵~! 콰당―!

"……!"

'뭔 소리지? 자다가 뭘 건드린 건가? 근데 왜 이렇게 조용해? 가만, 이건……?'

심상치 않다 생각한 현수가 황급히 문을 열려고 했으나 안에서 걸어 잠근 듯 열리질 않는다.

"이이잇―!"

끽! 끼익! 콰득! 콰드득―! 벌컥―!

힘주어 문을 당기니 자물쇠 걸고리를 고정시킨 못이 빠지는가 싶더니 그 부분의 문짝이 뜯겨 버린다.

괴력을 지닌 장사가 문틈에 배척[14]을 끼워놓고 힘껏 밀어제

─────────────

14) 배척(노루발못뽑이, 빠루) : 굵고 큰 못을 뽑을 때에 쓰는 연장. 한 쪽 끝은 장도리 모양으로 만들어 못뽑이가 되고, 다른 끝은 평평한 날로 되어 있어 지렛대로 쓸 수 있다.

첬을 때처럼 목재 부분이 뜯긴 것이다.

문은 열렸지만 안은 어두웠다. 밖이 조금이라도 더 환했기에 안의 상황을 알아내는 데는 1~2초가 걸렸다.

"김인동 씨!"

다급히 소리친 현수가 신발을 신은 채 방 안으로 뛰어 들어갔다. 방 가운데에 빈 소주병 2개와 먹다 남긴 오징어 다리가 널브러져 있고, 안쪽엔 남루한 의복 차림의 사내 하나가 의식을 잃은 듯 미동도 않고 있었다.

"김인동 씨! 정신 차려요."

서둘러 들어가 멱살을 잡고 똑바로 눕도록 하였다.

찰싹, 찰싹—!

"김인동 씨! 김인동 씨!"

뺨을 두드리며 몸을 흔들었지만 의식을 잃은 듯하다.

"도로시! 얼른 119에 신고해. 목을 맸어. 의식 없고."

도로시는 대답 대신 연락을 취한 듯 대꾸가 없다.

가슴에 귀를 대어보니 심박이 없고, 호흡도 없다. 하여 서둘러 심폐소생술(CPR)을 실시했다.

심폐소생술을 실시함에 있어 가장 중요한 것은 바로 시간, 즉 시행하는 속도이다.

심장과 폐는 멎은 후라도 4분 이내에 심폐소생술을 시행하면 거의 대부분에서 완전 소생이 가능해진다.

몸속의 폐와 혈관 내에 여분의 산소가 있어서 새로운 산소의 유입이 없이 6분 정도 생명이 유지되기 때문이다.

김인동은 방금 전에 신음 소리를 냈었다. 따라서 숨이 끊어지자마자 발견된 것이나 마찬가지이다.

"김인동 씨! 정신 차려요. 김인동 씨!"

계속 흉부를 압박하며 소리를 쳤지만 헝겊 인형처럼 이리저리 흔들릴 뿐이다. 재빨리 입을 벌리고 호흡을 불어넣었다. 그러곤 다시 흉부 압박을 계속했다.

방 앞엔 잠에서 깬 숙박객들이 웅성대며 서 있다.

"저 사람 죽으면 저 방에서 귀신 나오는 건 아니겠지?"

"흐미! 무서운 거. 그럼 난 딴 여인숙으로 옮길 거여."

이런 소리만 있는 건 아니다.

"에구, 아직 젊은 사람인데."

"노가다는 아무나 하나? 보아하니 평생 펜대 굴리던 사람 같은데 갑자기 험한 일을 하니까 몸살이 난 거야."

"맞아! 그걸 다른 걸로 착각해서 목을 맨 건가?"

사람들은 계속 웅성대기만 할뿐 누구하나 나서서 돕겠다는 이가 없었다. 대부분 50대 후반 이상이라 CPR 방법도 모를 것이다.

"김인동 씨! 정신 차려요! 김인동 씨!"

심폐소생술을 시전하며 계속 소리쳤지만 여전히 반응이 없었다. 그렇게 2~3분 정도가 지났다.

"쿨럭, 쿨럭—!"

"와아! 살아부렀다. 살아부렀어."

마당의 사람들이 손뼉을 치며 좋아한다. 같은 순간 현수는 긴 한숨을 내쉬었다.

"휴우……!"

불과 몇 분이지만 그 사이에 참으로 많은 상념이 스쳤다.

김인동이 이대로 사망해버리면 권지현은 과부가 된다.

5급 공무원이니 먹고 사는 건 지장 없겠지만 성정상 평생 혼자 살 것이 뻔하다.

임신을 했으니 조만간 출산을 하게 될 것이고, 그 아이가 크는 모습을 평생 혼자서 보게 될 것이다.

권지현은 이제 겨우 스물아홉 살이다.

백 살까지 산다면 앞으로 71년을 더 살게 될 것이다. 어찌 외롭지 않겠는가!

살다 보면 누군가에게 기대고 싶을 때도 있고, 누군가의 따뜻한 위로가 필요한 때도 있다. 이밖에 누군가의 축하도 필요하고, 누군가의 포옹도 필요하다.

누군가로부터 도움을 받아야 할 때도 있고, 누군가와 함께 즐거운 시간을 보내고 싶을 때도 있을 것이다.

그런데 아무것도 기대할 수 없는 혼자만의 삶을 살아야 한다. 그렇게 되면 지현이 너무 불쌍하다.

하여 제발 죽지 말라고 마음속으로 소리쳤다.

'당신이 죽어버리면 지현인 어떻게 살아?'

'이 이기적인 인간아! 당신만 죽으면 끝이야? 지현이는? 그리고 아이는?'

'제발 죽지 마! 당신이 죽으면 지현이가 너무 불쌍해져.'

'죽지 마라, 죽지 마라!'

'아! 쪼옴, 죽지 말란 말이야.'

현수는 지현을 생각하며 계속 가슴을 누르고 또 눌렀다. 그러던 어느 순간 숨이 돌아온 듯하다.

"휴우……! 다행이다."

진심이었다. 그렇게 잠시 누워 있는 김인동을 보고 있는데 누군가 불을 켠다. 김인동의 옆에 반으로 잘린 허리띠가 보인다. 위를 보니 굵은 못이 박혀 있다.

허리띠를 빼서 목을 맨 모양이다.

만져보니 싸구려 인조가죽으로 만든 벨트이다.

허리 뒤쪽에 홈집이 많고, 껍질이 벗겨져 있다. 현장 일을 하는 동안 손상이 생겼던 부위가 끊어진 듯하다.

"김인동 씨! 괜찮으세요?"

"으으! 으으으! 여긴……."

무어라 말을 하려던 순간 구급대원들이 들어온다.

"누구세요?"

"119 구급대랑게요. 환자는……? 호흡은 돌아온 겁니까?"

"네! 다행히도요. 그래도 병원으로 갔으면 합니다."

"네, 저희가 모시겠습니다."

김인동와 현수를 태운 119구급차는 곧장 목포기독병원으로 들어갔다. 김인동이 응급실로 들어가는 걸 본 현수는 곧장 원무과로 향했다.

　당직 의사가 몇 가지 검사를 하곤 현수에게 시선을 준다.

　"다행입니다. 근데 편도가 많이 부어 있어요."

　"다른 데는 괜찮습니까?"

　"제 소견으론 그렇습니다. 누가 CPR을 실시했는지 몰라도 제 시간 내에 실시해서 생명을 돌려놓은 겁니다."

　"알겠습니다."

　의사가 물러난 후 현수는 누워 있는 김인동을 새삼스럽게 바라보았다.

　사채업자들을 피해 있는 동안 경험해보지 못한 힘든 노동을 했다. 그 와중에 먹는 것마저 시원치 않아 감기몸살이 와서 그런지 여윈 모습이다.

　"김인동 씨! 깨어 있는 거 다 알아요."

　현수의 말에 움찔한다.

　"… 그냥 놔두시지 왜…, 저 같은 놈은 세상에서 사라져야 하는데 왜…, 크흐윽……!"

　한줄기 눈물이 눈 꼬리 끝으로 흘러내린다.

　"혼자만 힘든 거 아닙니다. 김인동 씨보다도 더한 상황에 있으면서도 악착같이 잘 살아보려고 발버둥치는 사람들이 얼마나 많은지 아십니까?"

"……?"

"내가 아는 어떤 사람은 아비로부터 버림을 받았습니다. 그 아비와 함께 사는 여자가 회사로 찾아와 엄마와 함께 200㎞ 이상 떨어진 곳으로 이사 가지 않으면 혼외 자식이라는 걸 회사 사람들에게 알려 망신 주겠다고 협박했지요."

현수는 강연희의 이야기를 적당히 각색해서 했다.

"그 여인의 남편은 아내의 임신중독증 때문에 회사를 그만뒀습니다. 그러곤 서울로 오려고 183장의 이력서를 보냈어요. 근데 다 떨어졌습니다."

김인동은 반응이 없다. 그러거나 말거나 말을 이었다.

"그래도 아내를 데리고 서울 큰 병원으로 가야 했기에 살던 아파트를 팔았습니다. 근데 그 돈으로 갈 수 있는 곳은 연립주택 지하 셋방뿐이었지요."

"……!"

"어린아이도 있고, 새로 태어날 아이도 있는데 환기도 잘 안 되고 햇볕도 들지 않아서 곰팡이가 잔뜩 핀 지하실로 이사를 들어가야 하는 상황인 거죠."

김인동은 말없이 현수의 이야기를 듣고 있었다.

"그 남자는 안 힘들까요? 모아놓은 돈은 없고, 지금은 직업도 없는데 말이죠. 오라고 하는 곳도 없어요. 그럼 서울에 와서 뭘 하게 될까요?"

이런 물음에 어찌 대답할 수 있겠는가! 누군지도 모르는데.

그래서인지 김인동은 아무런 대꾸도 하지 않았다.

"……!"

"그 남편은 취업을 포기했어요. 상위권 대학을 졸업했고, 직장 경력도 있는데도 뽑아주는 데가 없어서요."

김인동은 미동도 없다.

"아침엔 우유와 조간신문을 배달하고, 낮에는 편의점 알바로 일하고, 오후엔 식당 서빙을 할 생각을 해요."

"……!"

"그게 끝나면 심야 대리운전도 할 거랍니다. 계산을 해보니 하루도 쉬지 않고 그렇게 일해야 간신히 아내의 병원비와 아이들 분유값, 기저귀값을 감당할 거라 하더군요."

이 내용은 강연희의 남편 곽진호가 자신의 휴대폰 메모장에 기록해놓은 내용이다. 도로시가 보고하여 알게 되었다.

현수는 계속 말을 이었다.

"저축은 전혀 없고, 무슨 일이라도 생기면 그 즉시 지하실 셋방 보증금을 빼야 하는 상황이에요."

김인동은 여전히 아무런 대꾸가 없다.

"그 사람은 얼마나 힘이 들까요? 가진 게 너무 없어서 몸이 편찮으신 장모님이 식당 종업원으로 힘들게 일하는 것을 보고도 못 본 척했다면서 몹시 괴로워했어요."

"……!"

이제 상황이 대충 짐작 가는 모양이다.

"그 장모님은 병이 있어서 고준위진통제를 처방받았는데 그걸 살 돈이 없어서 고통을 몸으로 때우고 있답니다."

들어보니 자신 못지않게 힘든 세상을 살고 있는 부부 이야기였다.

"게다가 빚이 있어서 딸을 따라갈 수도 없어요. 아무도 돕지 않으면 돌아가실 때까지 힘든 식당일을 해야 할 겁니다."

"끄응……!"

김인동은 처음으로 나지막한 소리를 낸다.

"딸이 곧 출산을 하게 될 텐데, 산후조리를 도울 수도 없는 상황이에요. 그 장모님 마음은 어떻겠습니까?"

김인동은 말이 없었다.

장모님 입장에서 생각해 보면 본인 몸은 몹시 아프고, 빚은 많은데, 딸이 곤경에 처해 있다. 돕고 싶은 마음이 굴뚝이지만 갈 수 없는 상황이다.

살면서 이런 걸 어찌 상상이나 해보았겠는가!

살아는 있지만 지옥에 머무는 기분일 것이다.

이때 현수의 말이 이어진다.

"그럼에도 그 집 남편과 아내, 그리고 장모님 모두 김인동 씨 같은 선택을 하지 않았습니다."

"… 미안합니다. 죄송합니다."

질끈 감겨 있는 두 눈에서 굵은 눈물이 흘러나온다.

"천주교 교리엔 지옥과 연옥, 그리고 천국이 등장합니다. 선량하고 의롭게 살다 죽으면 천국에 갈 거라고……."

잠시 현수의 말이 이어졌다.

현재를 희생해서 천국에 갈 생각을 하지 말고 열심히 살아서 천국 같은 삶을 누려보라는 말이다.

사랑하는 가족들과 단란한 한때를 보내는 것은 천국에서의 삶과 대등하다고 했다.

서로 싸우고, 질투하고, 미워하는 삶은 살아서 연옥이나 지옥을 경험하는 것이니 그러지 않도록 노력하라고 하였다.

"좋은 말씀 고맙습니다."

"김인동 씨는 잘 모르겠지만 'EM 펀드'라는 것이 있습니다. 어려움에 처한 분들이 자립할 수 있도록 돕는 자선단체라고 생각하시면 됩니다."

"EM 펀드요……?"

*   *   *

처음 듣는 소리일 것이다.

"네! 바하마에 본부가 있고, 세계 각국에 지부가 있는데 한국은 이번에 처음으로 지부가 생겼습니다."

현수는 김인동이 대꾸하기도 전에 말을 이었다.

"누군가 김인동 씨 사연을 보냈습니다. 잠시 어려움을 겪고 있지만 선량한 사람 같으니 꼭 도와줬으면 좋겠다고요."

물론 현수가 지어낸 말이다.

"누가요……?"

"그건 익명으로 온 투서라 알지 못합니다."

"아……!"

"이곳 주소까지 정확하게 알려준 걸 보면 근방에 계신 분이 아닌가 싶습니다."

지금은 경황이 없어 못 물어보지만 나중엔 자신을 어떻게 알고 찾아왔느냐는 물음을 할 것이다. 이를 대비한 설정이다.

김인동이 눈을 떴다. 그러곤 잠시 두리번거리는 듯하더니 일어나서 앉는다. 누워 있는 게 미안했던 모양이다.

잘 씻지도 못한 상태이지만 훈남 분위기가 나는 얼굴이다.

"보아하니 김인동 씨는 계속 막노동을 하셨던 분 같지는 않네요. 맞죠?"

"네, 얼마 전 까지는 사업을 했죠."

"노동을 해보니 어떻던가요? 힘들었죠?"

"얼마나 힘든 건지 정말 뼈저리게 느꼈습니다."

"보세요! 그렇게 힘든 일을 평생토록 하시는 분들도 있잖아요. 그죠?"

김인동은 대답대신 고개를 끄덕였다.

건설현장에서 같이 일했던 50대, 60대 형님들은 다들 경력이 20년 이상이라고 하였다. 30년이 넘은 분도 계셨다.

이들은 비나 눈 오는 날이 아니면 휴일이 없는 삶을 살았다. 일 년에 딱 두 번, 설날과 추석에만 쉴 뿐 요일에 관계없이 현장에서 힘든 일을 했다고 한다.

김인동은 아무런 경험이 없이 잡부로 현장에 투입되었다. 이것저것 시키는 일은 무엇이든 다 해야 했다.

이틀째 되는 날엔 온몸에 파스를 붙이고 일을 했다.

사흘째는 몸살이 나서 일을 나갈 수 없었다.

돌봐주는 이 아무도 없는 방에서 이틀이나 끙끙대고서야 간신히 추슬러졌다.

하여 현장으로 나갔는데 두 시간 만에 쫓겨났다. 다시 여인숙으로 돌아와 하루를 더 쉬었다.

이후부터는 쫓겨나지 않으려고 이를 악물었다. 온몸 근육이 아프다며 비명을 질렀지만 애써 참아냈다.

힘든 일을 하는 동안 과거를 반성하게 되었다.

부친이 물려준 많은 재산을 모두 탕진하고 건설현장 막일꾼이 되어 있는 자신이 몹시 부끄러웠다.

그럼에도 갈 곳이 없었다. 사채업자의 집요한 추적이 있다는 걸 알기 때문이다.

간혹 아내에게 전화를 걸어 안부를 물었다. 그렇기에 아직은 대구로 돌아가면 안 된다는 걸 알게 되었다.

수중에 돈이 없으니 일을 해서 벌어야 한다.

그런데 입맛이 너무 깔깔하다. 일은 너무 고되고 온갖 스트레스 때문이다.

그렇게 제대로 먹지도 못 하면서 힘든 일을 했기에 몸은 점점 더 쇠약해졌지만 방법이 없다.

자꾸 일을 빠지면 더 이상 안 써줄 것 같아서이다.

결국 심한 감기몸살에 걸렸다. 또 일을 못 나가게 되었는데 이번엔 정말 죽을 것 같이 아팠다.

병원이나 약국을 이용했다가 자칫 사채업자에게 꼬리를 밟힐지도 모른다는 생각에 약을 사먹을 수도 없었다.

한낱 사채업자가 어찌 국민건강보험 데이터를 열람할 수 있겠는가! 평상시에 판타지 소설을 너무 많이 본 영향이다.

이런 줄 모르기에 소주를 사왔다. 취하면 통증이 덜할까 싶었던 것이다. 그런데 김인동은 술이 약하다. 반병 이상 마시면 인성을 잃을 지경이다.

그럼에도 소주 두 병을 사다가 나팔을 불어버렸다.

이상하게 취하지 않고 정신이 또렷해지는 것 같다.

덕분에 빚 걱정, 아내 걱정은 더욱 심해졌다. 결국 자신만 사라지면 세상이 평화롭게 될 것이라는 생각을 했다.

하여 허리띠로 목을 맨 것이다.

다행히 허리띠에 손상 부위가 있었고, 품질이 나빴기에 질식으로 인한 혼절이 시작되자마자 바닥에 나뒹굴게 되었다.

"그래서 죽어보니까 어떻던가요?"

"그건……!"

정신을 잃는 순간을 떠올려보았는데 아무런 기억도 없다.

눈을 뜬 순간엔 누군가 CPR을 했다는 걸 알게 되었고, 119구급대에 의해 병원으로 이송됨을 알았다.

"아내분이 이런 걸 알면 좋아하실까요?"

"……!"

자신의 빚 때문에 아내에게 이혼을 요구했다. 집을 떠나면서 전화로 통보했던 내용이다.

결혼 이후 한 푼도 못 벌어다 준 무능한 남편이라 금방이라도 OK 할 줄 알았다. 그런데 못 해주겠다고 한다.

노력하면 재기할 수 있으니 용기를 가지라고 했다.

두 사람이 먹고사는 건 공무원인 자신이 충분히 해결할 수 있다면서 집으로 돌아와 달라는 말만 계속했다.

혹시나 사채업자 놈들이 아내를 위협해서 이런 소리를 하는가 싶었지만 그건 아닐 것이다.

장인어른이 대구지방검찰청 청장이시다.

범죄자들은 가까이 다가가는 것조차 꺼려한 검사들의 우두머리이다. 사채업자들의 간덩이가 아무리 크다 하더라도 감히 아내를 겁박하진 못할 것이다.

그렇다면 아내의 말은 전부 진심이다.

부끄럽고, 미안하고, 면목이 없어서 미칠 것 같았다.

그러나 그걸로 끝이다. 더 이상의 능력이 없으니 뭐라 거짓

말을 할 것도 없었던 것이다. 그래서 그냥 떠났다.

권지현은 자타가 인정하는 일류대학을 졸업했다. 성장기엔 검사인 아버지의 올곧음을 배우고 자랐다.

부모의 보살핌 속에서 학창시절을 보냈는데 그 결과는 전교 1등이다. 단 한 번도 이 자리를 놓친 적이 없었다.

수능을 치렀다. 상위 0.001%내에 들어갈 결과를 얻었다. 누구나 서울대학교 법학과로 진학할 것이라 생각했지만 지현이 선택한 것은 Y대 언론정보학과였다.

수석 입학이라 4년간 전액 장학금을 받았다. 졸업 즈음엔 선배들이 그러했듯 방송국 지원서류를 제출했다.

1년에 딱 5명만 뽑는 기자였기에 경쟁률이 대단히 높았다.

1차 서류전형과, 2차 필기시험까진 그야말로 파죽지세로 통과했다. 3차로 면접시험만 통과하면 곧바로 방송국 기자가 된다. 그런데 면접 시험관들이 이상했다.

정의와 원칙 따윈 밥 말아먹은 듯 이상한 질문을 했다. 마치 술집 종업원 면접 같은 분위기였다.

'이거 혹시 나를 시험하는 건가?' 하는 마음이 들 정도였던 것이다. 그러다 국가관에 대한 질문을 했다.

지현은 평소 품고 있는 소신대로 대답했다. 올바른 가치관을 가진 사람이라면 당연하다 할 답변이다.

그런데 불합격이란 말도 안 되는 결과를 통보받았다.

뭔가 이상했지만 확인할 방법은 없었다.

나중에 알게 된 사실은 방송국 이사의 딸이 가장 비중 높은 면접에서 만점을 받아 자신이 밀렸다는 것이다.

그 방송국에는 1년 선배가 재직하고 있었다. 지현이 학교 다닐 때 은근히 쫓아다니던 선배이다.

그를 통해 확인해 보니 이사의 딸 필기시험 성적은 308등이다. 반면, 지현은 2등과 엄청난 격차를 보이는 1등이다.

여기에 면접성적을 합산하자 이사의 딸은 5등이 되었고 지현은 6등으로 밀려났다.

가장 충격적인 것은 다섯 명의 합격자 모두 고위 공직자 또는 방송국 임직원의 자녀라는 것이다.

시험성적과 관계없는 청탁에 의한 인사였던 것이다.

어쨌거나 권지현은 방송국 입사시험에 떨어졌다.

얼마 후, 그보다 훨씬 어려운 행정고시에 응시했다. 시험결과는 당당한 1위 합격이다.

직무 연수를 받고 배정된 첫 임지는 대구지방법원이다. 아빠가 계시는 대구지방검찰청과는 지근거리에 있다.

앞 뒤 건물이니 엎어지면 무릎 닿는다는 말이 나올 정도도 가깝다.

아무튼 새로 부임한 사무관이 초절정 미녀라는 소문이 나돌자 미혼인 판사, 검사, 변호사들이 주변을 배회했다.

이들은 지현의 외모와 배경만 보았다. 다시 말해 예쁜 외모와 지청장의 딸이라는 것에만 열광한 것이다.

끝없는 대쉬가 이어졌지만 지현은 그들 모두를 밀어냈다.

당시엔 결혼할 나이도 아니었을 뿐만 아니라 그들에게 전혀 관심 없었던 때문이다.

그렇게 해도 아무도 해코지를 하지 않았다. 지청장의 딸이니 감히 그럴 수 없었던 것이다.

지현은 매주 토요일마다 엄마가 계시는 한사랑 요양원을 방문했다. 그러던 어느 날 그곳에서 봉사활동을 하고 있던 김인동을 만나게 되었다.

치매 노인이 쓰던 똥 묻은 이불을 싫은 기색 없이 환히 웃으며 빨고 있었다.

마침 그곳을 지나 매점으로 향하던 지현을 불러 세웠다.

빨래를 마친 이불을 짜야 하는데 같이 왔던 봉사자가 어디론가 사라졌다면서 한쪽 끝을 잡아달라고 했다.

지현이 편한 복장을 하고 있어서 자신과 같이 봉사하러 온 여대생인 줄 알았다고 한다.

다음 토요일과 그다음 토요일에도 또 마주쳤다. 그럴 때마다 흰 이를 드러내며 환히 웃으며 손을 흔들었다.

그러던 어느 날 면회를 마치고 돌아가고 있었다. 타고 다니던 경차가 고장 나서 대중교통을 이용하려 나섰을 때이다.

빵, 빵—!

지현은 차가 오는가 싶어 길 한 켠으로 비켜섰다. 그러자 승용차가 멈췄고, 유리창이 스르르 내려갔다.

"타세요! 가시는 곳까지 모셔다 드릴게요."

누군가 했는데 김인동이었다.

"……! 아, 김인동 씨군요. 저는 괜찮아요."

"아뇨! 괜찮지 않을 겁니다. 오후에 비가 올 거라는 예보가 있었거든요. 우산 없으면 낭패 봅니다."

"네? 비가 온대요? 그래도 괜찮아요. 저기 가면 버스정류장 있어요. 어라…?"

지현은 머리에 떨어진 물방울을 느끼고 하늘을 바라보았다. 이 순간을 기점으로 폭우가 쏟아지기 시작했다.

툭! 툭! 투툭! 투투툭! 투투투툭! 쏴아아아아아—!

"어서요. 얼른 타세요."

"네? 아, 알았어요."

서둘러 차를 타지 않았다면 속옷까지 몽땅 젖었을 정도로 많은 비가 내렸다. 10m 앞이 안 보일 정도였다.

쏴아아아아아아—!

"비가 엄청 많이 오네요."

"그러게요."

"뒷좌석 가방에 수건 있어요. 꺼내서 물기를 닦으세요."

김인동은 잡자기 쏟아지는 폭우 때문에 전방 시야가 좋지 않아 핸들을 꼭 잡은 채 전면을 주시하고 있었다.

도로가 구절양장처럼 이리저리 구부러져 있기에 한눈팔다 도로 아래로 굴러 떨어질 수 있음을 알기 때문이다.

"괜찮은데."

"괜찮기는요. 머리와 어깨가 다 젖었어요."

빗방울이 떨어지고 불과 몇 초밖에 안 지났지만 김인동의 말처럼 머리는 물론이고, 상의까지 홀랑 다 젖은 상태이다.

얇은 브라우스 차림이라 브래지어가 비치고 있어 지현은 수건을 꺼내어 닦을 수밖에 없었다. 그리고 시트가 젖을 지경이니 괜찮다고 고집부리면 안 되었던 것이다.

이날을 시초로 지현과 김인동은 연락을 주고받은 사이로 발전했다.

다른 이들과 달리 김인동은 지현의 직업이나 배경을 보지 않았다. 그래서 편한 만남이 이어졌다.

이때의 김인동은 잘나가는 사업가였다. 어쨌거나 열애 끝에 결혼을 했다. 이때부터 마(魔)가 끼었다.

멀쩡하던 거래처가 연달아 도산했다. 기다렸다는 듯 채권자들이 들이닥쳐 갈가리 찢은 뒤 지들끼리 나눠 가졌다.

김인동은 받아야 할 미수금이 꽤 많았었는데 한 푼도 건지지 못했다.

심지어 본인이 납품한 물건조차 회수하지 못했다. 상대방이 고의로 괜찮다는 말을 계속한 때문이다.

제일 큰 두 곳의 거래처를 잃은 것만으로도 엄청난 타격인데 계속해서 거래처들이 문을 닫았다. 누구의 잘못 때문이 아니라 혹독한 불경기의 여파 때문이다.

어떻게든 재기해 보려 애를 썼지만 타이어 재생사업은 좀처럼 불황의 늪에서 빠져나오지 못했다.

그러는 동안 빚은 계속해서 늘어났다.

Chapter 12

—

사나이의 눈물

　신혼의 달콤함과 행복을 만끽해야 할 때에 야근과 출장으로 집을 비우는 때가 많았다. 당연히 돈도 제대로 못 갖다 주었다.

　그럼에도 지현은 불평하지 않았고, 타박하지 않았다. 용기를 내서 타개책을 찾아보라는 격려와 응원만 했을 뿐이다.

　예전이나 지금이나 지현은 현모양처가 될 싹이 보이는 지혜로운 여인이었던 것이다.

　김인동은 본인이 할 수 있는 최선의 발버둥을 쳤다.

　그럼에도 동인산업은 망해 버렸다. 허망함을 느낄 새도 없이 사채업자의 졸개들이 들이닥쳤다.

그러곤 돈이 될 만한 것들을 모두 처분했다. 공장에 설치된 기계들은 모두 뜯겨져 고철로 처분되었다.

선친이 남겨주신 땅 문서도 넘겨주어야 했고, 어머니가 거주하시던 15평 빌라도 넘어갔다. 하여 남의 집에 입주하여 애 봐주는 일을 하시게 된 것이다.

미치고 환장하겠는데 사채업자들은 잔인했다.

그나마 다행인 것은 신혼집에 난입하지 않았다는 것과 아내에게 행패를 부리지 않았다는 것이다. 그렇게 하면 즉각 검찰 수사관들을 만나게 됨을 알기 때문일 것이다.

그러던 어느 날 감시의 눈초리가 느슨해질 때가 있었다. 사채업자의 아들이 결혼하는 날이었다.

감시자들이 자리를 비운 사이에 아무 버스나 집어탔다.

그렇게 동대구버스터미널에 당도한 김인동은 목포행 고속버스에 올라탔다.

이렇게 하여 목포에서의 생활이 시작되었다. 그러다 결국 남도여인숙에서 목을 매는 상황이 되었던 것이다.

현수는 김인동이 말을 들어주었다.

"아무튼 고맙습니다."

"고맙기는요. 그나저나 조금 전에 EM 펀드에 대해 이야기 했는데 기억하지요?"

"그럼요! 바하마에 본부가 있고, 이번에 한국에도 지부가 생겼다고 말씀하셨습니다."

"잘 아시는군요. 아까도 말씀드렸지만 EM 펀드는 어려움에 처한 사람의 자립을 돕는 자선단체입니다."

"네!"

"따라서 병원비 걱정은 안 하셔도 됩니다."

"……! 고맙습니다."

"그렇다 하여 김인동 씨가 처한 어려움이 모두 사라지는 건 아니죠?"

"아마도… 그럴 겁니다."

김인동은 악랄하고 끈질긴 사채업자를 떠올렸다. 어쩌다 그놈들에게 돈을 빌렸는지 시간을 되돌리고픈 마음이 들었다.

"EM 펀드는 명칭으로 알 수 있듯이 Fund입니다. 주식이나 채권 파생상품 등 유가증권에 투자하기 위해 조성되는 투자자금인 거죠."

"그러네요."

비영리 자선단체가 아니라 영리를 목적으로 만들어진 기금이 자선을 베푼다는 뜻이다.

"EM 펀드의 가장 큰 투자자는 Y-인베스트먼트라는 회사입니다."

"……!"

김인동은 하고 싶은 말이 뭐냐는 듯 고개만 끄덕인다.

"Y-인베스트먼트는 한국에서 여러 사업을 하려고 합니다. 그중 하나가 Y-엔터입니다. 연예기획사죠."

대체 이런 얘기는 왜 하느냐는 표정이다.

"Y-엔터는 이미 설립되었고, 현재는 Y-에너지라는 회사도 설립하는 중입니다. 태양광발전과 고효율 배터리 사업에 진출하려고요."

대체 이런 이야기를 왜 하느냐는 표정이다. 그러거나 말거나 말을 이었다.

"동시에 Y-스틸도 만드는 중이죠."

"스틸이라면… 제철관련 사업인가요?"

"아뇨! 철 종류를 다루는 건 맞지만 제철을 하는 건 아니고 스테인리스 철판을 임가공하는 겁니다."

"임가공이요?"

임가공(賃加工)이란 일정한 값을 받고 물품을 가공하는 일이다. 꺾고, 구부리고, 자르고, 구멍 뚫고, 홈을 파는 일 등이 이에 해당된다.

"네! 후속해서 설립될 Y-어패럴과 Y-템퍼러쳐에서 필요로 하는 주요 부품을 생산하는 겁니다."

"어패럴은 뭔지 알 것 같은데 템퍼러쳐(temperature)는 어떤 회사인가요?"

"실내 온도와 관련이 있는 사업입니다."

"아! 그렇군요."

고개를 끄덕인다. 그러면서도 Y—인베스트먼트의 향후 사업을 본인에게 이야기하느냐는 표정이다.

"Y—스틸 업무를 총괄해 줄 관리직 사원이 필요한데 혹시 의향이 있으신지요?"

"… 저를 채용해 주신다는 건가요?"

"네! 김인동 씨에게 취업할 의향이 있다면요."

"구체적으로 어떤 일을 하는지 미리 알 수 있을까요?"

흥미가 동한다는 듯 슬쩍 허리를 곧추세운다.

"우선은 Y—어패럴의 일을 하게 될 겁니다. 회사에서 제공하는 0.3㎜ 스테인리스 철판을 가로 세로 8㎝ 크기로 절단한 후 중앙에 직경 5㎜짜리 구멍을 뚫으면 되는 일입니다."

"그리 어려운 일은 아니겠군요. 근데 그게 숙달되려면……."

김인동의 말은 중간에 잘렸다.

"규격 철판을 들이밀면 자동으로 자르고 구멍 뚫는 기계를 설치할 거니까 숙련공이 필요한 건 아닙니다."

"……!"

규격 철판을 기계에 넣는 일과 가공되어 나온 것을 납품하는 일만 하면 된다는 뜻이다.

"공장 매입은 끝난 상태이고, 기계류는 이미 제작의뢰 되어 있습니다."

"그럼……! 굳이 제가……?"

기계가 알아서 다 하는 것 같으면 굳이 자신이 없어도 되지 않느냐는 말을 하려던 김인동은 말을 멈췄다.

EM 펀드가 영리를 추구하면서도 자선을 베푼다는 걸 상기한 것이다. 다시 말해 자신에게 기회를 주고 있음을 느꼈기에 말을 멈췄다.

굳이 본인이 아니라도 아무나 데려다 쓰면 될 걸 왜 제안하느냐는 말을 했다가 상대방이 의사를 철회해 버리면 모처럼 생긴 기회가 날아감을 느낀 것이다.

현수는 슬쩍 모르는 척 넘어가 주었다.

"매입한 공장 2개 동 중 하나는 헐어내고 그 자리에 직원들이 머물 기숙사를 지을 생각입니다."

지금껏 들은 대로라면 Y—스틸의 일은 고등학교나 대학교 학력이 없어도 누구나 할 수 있는 일이다.

말귀만 알아들을 능력만 있으면 된다는 뜻이다.

그런데 직원들을 위한 기숙사를 새로 건립한다니 너무 과하다. 급여만 주면 나머진 본인들이 알아서 해야 한다.

얼마 전까지 오너였기에 이런 생각을 하는 것이다. 하지만 입을 열어 이의를 표하진 않았다.

자신이 관여할 일이 아닌 때문이다.

"김인동 씨가 우선적으로 하실 일은 ……."

기계류 설치는 그걸 제작한 업체에서 알아서 할 일이다.

그리고, 기숙사는 건설회사에서 짓고, 건축사 사무소에서 감리를 할 테니 지켜보기만 하면 된다.

직원을 뽑는 일은 사람만 잘 가리면 된다.

동인산업을 꾸려오는 동안 상당히 많은 직원들을 경험했기에 어려운 일은 아닐 것이다.

"생산직뿐만 아니라 운송직과 경리직도 뽑으세요. …다만 Y-그룹에서 쓰지 않는 사람들이 있습니다."

"무슨……?"

"첫째, 인터넷의 이런 이런 사이트를 이용하는 회원들은 100% 걸러내야 합니다."

현수는 휴대폰으로 특정사이트들의 메인 화면을 차례로 보여주었다. 워베, 일마드, 대갈리아 등이다.

"나중에라도 이런 사이트 회원이었거나 회원인 것이 밝혀지면 곧 바로 퇴사시켜야 합니다."

김인동은 크게 고개를 끄덕였다. 제 정신이 박혀 있으니 너무도 당연한 말씀이라 생각한 것이다.

"네! 당연히 그래야죠. 잘 살펴보겠습니다."

"둘째, 친일파와 그 후손들도 안 씁니다."

"그건……!"

이것 역시 대상이 고백하기 전엔 알아내기 어렵다. 하여 난감하다는 표정을 지었다.

"김인동 씨 인맥으로 알아보셔도 됩니다."

"아! 그렇다면야……."

아는 사람들을 통해 뽑는다면 충분히 걸러낼 수 있을 듯하다. 하여 고개를 끄덕이려는데 현수의 말이 이어진다.

"셋째, 특정 종교 신자들은 안 씁니다."

이 종교의 신자들 중 일부는 이기적이며, 배타적이다. 가끔 안하무인인 것들도 있다. 게다가 타인의 종교는 존중할 줄 모르면서 오로지 자신의 것만 강요하는 습성이 있다.

그리고, 이 종교는 성직자라 하는 것들도 문제가 많다.

신을 믿으라면서 자신을 섬기도록 만든다.

이런 놈들 중에는 신자들의 재산을 교묘히 갈취하거나, 성추행하고, 성폭행하는 인면수심인 것들이 많다.

이실리프 제국의 초창기 때에도 이들로 인해 화합과 번영을 저해하는 문제가 자주 발생되었다. 하여 2063년에 모조리 영토 밖으로 추방해버리는 결단을 내렸다.

분명히 인간성 훌륭한 인물도 많이 있다는 걸 알지만 눈물을 머금고 다 버린 것이다.

이때 현수는 이렇게 말하였다.

"소금과 설탕이 섞여 있으면 다 버려야 한다."

이후의 제국은 조용했고, 다툼도 사라졌다. 종교의 폐해가 어딘지 극명하게 설명되는 사건이었다.

"아참, 가급적이면 군대를 다녀온 사람만 직원으로 뽑으세요."

"네……?"

"확실한 사유 없는 군 면제자는 쓰지 말자구요."

"아! 네에, 알았습니다. 그렇게 하지요."

김인동은 고개를 크게 끄덕였다.

정치인 및 고위 공무원 중 상당수가 군대를 다녀오지 않은 것이 마뜩치 않았던 차에 잘되었다는 표정이다.

"채용 기준은 이 정도만 살피면 될 겁니다. 그러면서 회사에 필요한 물건들을 준비하는 일을 해주십시오."

"네! 알겠습니다."

현수의 말은 계속 이어졌다.

"아직 젊으시니 직책은 과장부터 시작하지요."

얼마 전까지 사장이었는데 갑자기 확 낮아졌다는 느낌은 전혀 없다. 이런 기회를 주는 것 자체가 고마운 것이다.

"연봉은 7,200만 원입니다."

2016년 현재 대기업 과장의 평균연봉이 5,770만 원 정도 된다. 7,200만 원이면 차장급 이상이다.

따라 결코 적은 액수를 제시한 것이 아니다. 이를 알기에 김인동은 다소 멍한 표정이다.

"……!"

숨어 지내는 동안 자신의 빚이 얼마인지 가늠해 보았다.

1금융권 채무원금은 8억 2,000만 원이다.

2금융권 채무는 11억 5,000만 원이고, 가장 지랄 맞은 사채업자에겐 4억 6,000만 원을 빌려서 썼다.

원금에 연체된 이자를 합산하면 26억 원쯤 될 것이다.

사채업자에게 빌린 돈의 이자율을 법정최고금리로 계산했을 때의 금액이다. 사채업자가 주장하는 대로라면 30억 원은 있어야 할 것이다.

이밖에 거래처에 미지급한 금액 1억 1,500만 원이 있고, 미지급 급여 및 퇴직금은 총 1억 2,000만 원 정도 된다.

뿐만이 아니다.

국민연금과 건강보험료도 3,600만 원 정도 미납 상태이고, 아내가 신용대출 받은 빚도 1억 4,500만 원이 있다.

오늘을 기준으로 30억 1,600만 원이나 된다. 그리고 나날이 금액이 늘어나는 중이다.

연봉이 7,200만 원이라면 실수령액은 월 500만 원을 약간 상회한다. 한 푼도 안 쓰고 갚아도 50년 이상 걸린다.

이런 생각을 하고 있을 때 현수의 말이 이어진다.

"참, Y—어패럴과 Y—템퍼러처에서 발주한 작업 이외에 김인동 씨가 수주한 일로 발생된 이익에 대한 인센티브는 별도로 지급됩니다."

본인이 영업을 해서 발생된 이익의 일부를 상여금 형식으로 지급하겠다는 뜻이다. 그게 얼마나 되느냐고 묻기도 전에 현수의 말이 이어진다.

"상여금은 추가로 발생된 이익의 50% 입니다.

"저, 정말입니까?"

확연히 반색하는 표정이다.

월급만으론 막대한 채무를 감당할 수 없지만 상여금을 이렇게 많이 준다면 한번 해볼 만하다 생각한 것이다.

"Y-어패럴과 Y-템퍼러처에서 발주한 작업이 우선입니다."

아마 이 일을 하는 것만으로도 헉헉 거릴 것이다. 물량이 어마어마할 것인 때문이다.

김인동은 이런 줄 모르니 얼른 고개를 끄덕인다.

"그야 당연한 일이지요."

김인동은 크게 고개를 끄덕였다.

*   *   *

"공장은 인천시 송림 4동에 있어요. 김인동 씨에겐 사규에 따라 별도의 거처가 제공될 겁니다."

"네? 거처요? 설마… 살 집을 제공해 주신다고요?"

놀란 표정을 본 현수가 빙긋 웃음 지었다.

"그럼, 기숙사를 제공할 줄 알았습니까?"

"……!"

"관리자더러 기숙사에 머물라고 할 수는 없죠."

"네? 그건 왜……?"

그게 무슨 소리냐는 표정이다. 현수는 또 웃었다.

"직원들이 싫어할 테니까요."

"아……!"

하루 종일 얼굴 맞대고 있었는데 퇴근 후에도 그 얼굴을 또 본다면 어떻겠는가! 이등병이나 일등병 내무반이 중대장 BOQ랑 붙어 있는 것이나 다름없다.

"입사하시면 인하대 근처에 있는 아파트를 쓰세요. 34층짜리인데 32층이라 전망이 좋다고 하더군요."

"네에……?"

놀란 표정이지만 이를 무시하고 말을 이었다.

"전용면적 38.6평이고, 침실은 4개입니다."

"저, 정말요……? 진담이신 거죠?"

"그럼요! 제가 왜 거짓말을 하겠습니까? 참, 아파트 관리비와 가스, 전기요금은 회사에서 제공하지만 상하수도 요금은 본인이 부담하셔야 합니다."

"……! 정말 감사합니다."

이쯤 되면 입사하겠다는 의사를 밝힌 것이나 다름없다.

"새 아파트이긴 하지만 인테리어를 약간 손볼 겁니다. 그래서 입주하려면 시간이 걸릴 터이니 그동안엔 인근 호텔을 이용하세요."

"호텔요……?"

"이곳에 오긴 전에 알아보니 간석동에 있는 베스트웨스턴 인천로얄호텔이 괜찮겠더군요. 4성급 호텔입니다. 5성급도 알아봤는데… 공장에서 너무 멀어서 말이죠. 일단 예약은 해두겠습니다."

"아……!"

무슨 회사가 겨우 과장에게 이런 대접을 하나 하는 표정이다. 그러거나 말거나 현수의 말은 이어진다.

"참, 차량도 구입하세요. 그랜저급과 아반테급 승용차와 1톤 트럭, 그리고 2.5톤 트럭을 각각 한 대씩 구입하세요. 나중에 더 필요하게 되면 그때 더 뽑구요."

"네! 알겠습니다."

"그랜저급은 김 과장님이, 아반테급은 업무용, 트럭들은 납품용으로 사용하시면 될 겁니다."

뭔 회사가 겨우 과장에게 그랜저급 승용차를 제공한단 말인가! 하여 멍한 표정을 지었다.

"……!"

"근로계약서는 구수동 Y-엔터 사무실에서 씁시다."

현수가 명함을 건네자 얼른 받아 든다. 어둠 속에서 헤매던 중 한 줄기 빛이 비추었으니 당연한 일이다.

"저어, 제 위로는 어떤 분들이……?"

"사장은 저고, 김 과장님 위로는 아무도 없습니다."

"네에?"

"Y—엔터와 Y—에너지의 대표를 제가 겸직하게 될 거라 업무에 대한 터치는 거의 없을 겁니다."

"……!"

직책만 과장일 뿐 전무 내지 대표라는 뜻이다.

"잊지 말아야 할 건 Y—어패럴과 Y—템퍼러쳐에서 발주한 물량을 최우선적으로 납품해야 된다는 겁니다."

"네, 그건 당연하죠."

"그게 감당되면 직원들의 생산능력을 파악하셔서 따로 영업을 하셔도 됩니다."

"네, 알겠습니다."

"더 궁금하신 건 없나요?"

"네, 나머진 서울에 가서 여쭤보겠습니다."

곁의 병상에 있던 환자의 보호자가 빤히 바라보면서 귀를 기울이는 게 부담스러웠던 듯하다.

"일단은 몸 잘 추스르세요. 다음 월요일에 구수동에서 뵈었으면 합니다."

"감사합니다, 사장님!"

김인동이 자리에서 일어서려 했지만 현수가 어깨를 눌러 주저앉혔다.

"저는 바쁜 일이 있어서 먼저 갑니다. 이걸로 병원비 계산하고 서울 올라올 때 여비로 쓰십시오."

김인동은 얼떨결에 현수가 건넨 봉투를 받았다. 안에는 5만 원권 40장이 들어 있다.

"이건 너무 많습니다."

"좋은 옷도 사 입으세요. 이제부턴 Y—스틸의 과장입니다."

뭐라 대꾸할 사이도 없이 현수가 사라졌다. 목포역에서 7시 15분에 출발하는 KTX를 타야 하기 때문이다.

이걸 타면 9시 47분에 용산역 도착이다. 거기서 성신여대까지 이동하는데 걸리는 시간이 또 있다. 이걸 놓치면 영업 준비에 지장이 있기에 서둘러 떠난 것이다.

김인동은 멍한 표정으로 현수가 있던 자리를 바라보고 있었다. 왠지 꿈을 꾼 것만 같아서이다.

문득 옆 병상의 보호자가 한 소리 한다.

"와아! 좋으시겠어요."

"네?"

무슨 뜻이냐는 표정으로 바라보니 현수가 나간 출입구를 손으로 가리킨다.

"조금 아까 그 청년 덕에 취업한 거잖아요. 들어보니까 대우도 아주 좋고, 큰 회사 같던데… 요즘처럼 불경기에 그런 회사 취직하기 쉽지 않은데 축하해요."

"아! 네에, 감사합니다."

슬쩍 커튼 너머를 보니 20대 청년이 누워 있다. 보호자는 어머니인 듯하다. 이때 시선이 마주쳤다.

"이 녀석 군대 갔다 와서 계속 집에서 놀고 있었는데 어떻게 안 될까요?"

"네……?"

"애는 착해요, 대학도 나왔구요. 근데 취직이 안 돼서 3년째 공무원 시험 준비를 하면서 알바를 하다 쓰러졌어요. 영양실조로 인한 빈혈이라고 하네요."

쓰윽―!

말을 하며 커튼을 슬쩍 밀어냈는데 한눈에 보기에도 너무 말랐다. 뼈 위에 살짝 가죽만 씌운 듯하다.

"학교 댕길 때 공부도 곧잘 했는데… 서울에 있는 대학에도 붙었는데 집안 형편 때문에 주저앉혔더니……. 이럴 줄 알았다면 과부 딸라 빚을 내서라도 서울로 보냈어야 하는데……. 어휴! 그놈의 돈이 뭔지."

"아드님 전공은 뭔가요?"

"애요? 경제학과 졸업했어요."

"아! 그래요?"

"대학 가서도 공부를 잘해서 계속 장학금 탔어요. 근데 그놈의 공무원 시험이 뭔지…. 휴우~!"

취업이 힘들어지자 공무원 시험에 응시하는 인원이 대폭 늘어났다.

"응시했던 분야는요? 혹시 아세요?"

"일반행정직이라고 했던 거 같아요. 전국 뭐라고 했는데 그건 잊었어요."

2016년 2월에 접수된 '국가직 9급 일반행정직' 공무원 시험의 경쟁률은 무려 406.6 대 1이었다.

89명을 뽑는데 3만 8,186명이나 원서를 접수시켰다. 전원이 응시했다면 3만 8,097명이 떨어졌다.

약 99.8%가 낙방의 고배를 마신 것이다. 이쯤 되면 다 떨어진 것이나 진배없다.

그래도 합격자가 있으니 좀 더 구체적으로 따져보면 429명당 1명은 합격했다. 이는 총인원이 429명인 학교 89개에서 전교 1등만 뽑았다는 것과 같다.

국가직이 아닌 '지방직 9급 일반행정직' 공무원의 경쟁률도 만만치 않다. 216.6 대 1이다.

이렇게 어마어마한 경쟁률을 보이지만 너도나도 공무원 시험에 매달리는 건 취직이 너무도 어려운 때문이다.

신입사원을 뽑는다면서 '경력은 얼마나 있느냐?'고 묻는다. 직장생활에 써먹지도 못한 온갖 스펙을 요구하기도 한다.

그래서 해외어학연수 경력이 당연한 세상이 되었다.

합격하면 공무원으로 임용되니 꿈을 이룬 것이지만 누워있는 청년처럼 응시했다 거푸 떨어지는 경우이다.

대기업들은 공공연하게 신입사원 응시 제한연령을 정해놓

기에 웬만하면 떨어뜨린다. 그럴 때마다 조직의 위계질서 핑계를 댄다.

그럼에도 대체적으로 중소기업은 지원하지 않는다. 고용이 불안정하다 느끼고 급여가 적기 때문이다.

어쨌거나 공무원 시험을 준비했다가 떨어지면 준비한 세월은 아무것도 아닌 게 되어버린다. 그래서 남들 경력 쌓을 때 혼자 허송세월한 것처럼 평가되기도 한다.

병상에 누워 있는 마른 청년도 3년간 물먹은 모양이다.

"휴우! 이제 나이가 많아져서 일반회사엔 취직도 못 한다는데… 얘 좀 데려다 써줘요. 네?"

김인동을 바라보는 눈초리가 애처롭다.

본인도 오늘 구함을 받았다. 그리고 누군가를 구원해줄 수 있는 권한을 위임받았다.

공무원 시험을 준비하던 친구가 공장에서 근무하려 할지 모르겠지만 일단 기회는 주고 싶다.

"아드님 퇴원하면 전화하라고 하세요."

김인동은 자신이 쓰던 옛 명함을 꺼내 회사 이름과 유선전화번호를 쓱쓱 지우고 건넸다.

"아이고, 고마워서 어쩐대요. 얘, 데려다 쓰면 일은 잘할 거예요. 어릴 때부터 똑똑해서……."

아주머니의 말은 길게 이어지지 못했다. 간호사가 다가와 무슨 검사를 해야 한다면서 병상째 끌고 갔기 때문이다.

"아유, 고마워요! 복 받을 겁니다. 전화 꼭 하라고 할게요."

김인동은 아들이 누워 있는 병상을 따라가며 연신 뒤돌아보면서 고개 숙이는 어머니를 보았다.

아들 때문에 살던 빌라마저 비워줘야 했음에도 싫은 소리한 번 안 하셨던 어머니가 떠올랐다.

'어휴! 내가 미친놈이었네.'

본인이 목매달아 죽는 데 성공했다면 어머니는 이 세상에 홀로 남겨진다.

남의 집에서 애를 봐주고 있다는데 보나마나 반쯤 식모 같은 대접을 받을 것이다.

거길 나오게 되면 집도 절도 없고, 비빌 언덕조차 없는 천애고아 같은 신세가 된다.

'하나뿐인 아들이 너무 병신 짓을 했어요. 어머니!'

김인동은 어머니의 거친 손을 떠올리며 눈물지었다.

'지현이도 내가 없으면……'

살다가 잠시 어려운 일을 겪는 것뿐, 곧 좋은 일이 있을 수도 있으니 몸 성히 돌아와 달라던 아내를 떠올린 김인동은 터져 나오는 흐느낌을 제어할 수 없었다.

"흐흑! 흐흐흑! 흐흐흑! 미안해. 정말 미안해!"

"김인동 님 왜 그러세요? 어디 아프세요?"

"흐흑! 아니에요. 암것도 아니에요."

김인동의 눈물을 제법 길었다.

"곽진호 씨에게 연락했어?"

"그럼요! 오늘 오후에 Y—엔터 사옥으로 온대요."

"면접 보러 오는 거지?"

"네! 배터리에 대해 공부해서 오라고 했어요."

이틀 전, 곽진호는 Y—헌터라는 회사로부터 전화를 받았다. 살던 아파트 매매계약을 체결한 직후였다.

계약금은 매매대금의 10%인 560만 원이다.

나머지 잔금을 받아 여기저기서 빌린 돈을 갚고 나면 수중엔 4,000만 원 정도가 남는다.

이 중 2,000만 원은 원룸 보증금이 된다.

월세가 45만 원이라는데 전용 면적이 7평이다. 아영이와 아내, 그리고 자신이 들어가면 꽉 찰 만큼 좁은 집이다.

하여 웬만한 것들을 다 버리고 몸만 가야 한다.

그런 좁은 곳에 아내와 딸을 들이밀 생각을 하니 한심하고 걱정스러웠다.

아내의 임신중독증을 치료하는데 얼마나 많은 비용이 들어갈지 모른다.

보증금을 내고도 2,000만 원이 남으니 당분간은 버티겠지만 취직을 못 하게 되면 그야말로 길거리에 나앉게 된다.

그래서 신문과 우유배달 일을 알아보았고, PC방과 편의점 일자리까지 알아봤다.

  그게 끝나면 대리운전을 할 생각이다.

  아내와 딸, 그리고 곧 태어날 아기를 위해서라면 못 할 게 뭣이 있겠는가 하면서 스스로를 다독이는 중이다.

  그런데 한 번도 해보지 않았던 일들이라 너무나 걱정된다.

Chapter 13
—
자나의 홍수

'과연 내가 그 일을 잘해낼 수 있을까?'

'가족들을 부양할 만큼 벌 수 있을까?'

'만일 안 되면 어떻게 하지?'

이런저런 걱정 때문에 통 잠을 이루지 못해 죽을 지경이다. 하지만 아내 앞에선 전혀 내색하지 않는 중이다.

'여자는 약하지만 어머니는 강하다고? 나는 남자야. 그리고 아빠야! 그러니 훨씬 강해져야 해.'

이런 생각을 하며 기운 내려 애를 쓰던 중이다.

"여보세요? 곽진호 씨인가요?"

"네, 그렇습니다만 누구신지요?"

곽진호는 모르는 번호로 걸려온 전화는 거의 받지 않는다. 그럼에도 도로시가 전 전화를 받은 건 부동산에 아파트를 내놓은 상태였던 때문이다.

"저는 Y-헌터의 도 실장이라고 해요."

"네? 어디요?"

도로시는 다른 생각을 하지 못하도록 얼른 말을 이었다.

"Y-헌터라고 헤드헌팅 업체예요. 일전에 한울엔지니어링에 입사지원서를 내셨죠?"

"한울엔지니어링이요? 아! 네에, 맞습니다."

아버지가 계시는 상봉동 철물점과 그리 멀지 않는 면목동에 있는 전기설계와 적산전문 업체이다.

상당히 많은 회사에 원서를 보냈음에도 한울엔지니어링을 기억하는 건 그 때문이다.

그간 183곳에 입사 지원 서류를 보냈다. 그중 연락해 준 곳은 딱 세 곳인데 근무지가 이곳 동해여야 했다. 한전에 근무했다는 이력을 이용하여 줄 대 보려는 수작이다.

나머지는 꿩 구워 먹었는지 완전 무소식이다. 그런데 지원했던 회사 이름이 들리자 반색한 것이다.

"우연히 한울에 제출하신 입사지원서를 보고 연락드리는 건데 혹시 서울에서 근무하실 수 있어요?"

"네? 어디요?"

"현주소가 강원도 동해시 천곡동이잖아요."

"네! 맞습니다."

"저희가 추천해 드릴 회사가 신촌에서 그리 멀지 않은 마포구 구수동에 있거든요."

"아! 그, 그렇습니까?"

곽진호의 음성은 떨렸다. 신촌에서 가깝다는 말 때문이다.

인터넷을 뒤져본 결과 임신중독증에 권위 있는 의사가 재직하고 있는 병원이 신촌 쪽에 있다.

그래서 원룸도 창천동에 얻으려던 차이다.

"저어, 서울에서 근무하실 수 있으실까요?"

"그럼요! 다, 당연히 가능합니다. 근데 당장 가야 하나요?"

"아뇨! 다음 주에 오셔서 면접보시면 됩니다. 지금 회사 설립 과정에 있거든요."

동해의 집을 정리할 시간을 주고, Y—에너지 법인설립에도 시간이 필요하다, 아울러 현수가 월요일만 시간을 낼 수 있기 때문이기도 하다.

"아! 그런가요? 언제, 어디로 가면 되나요?"

곽진호는 지금 썩은 동아줄이라도 쥐어야 하는 상황이라 몹시 떨리고, 서두르는 음색이었지만 도로시는 부러 모르는척 하며 말을 이었다.

"잠깐만요……! 다음 주 월요일은 어떠신가요?"

"월요일요? 좋습니다. 어디로 가죠?"

"오실 곳 주소와 연락처는 문자로 보내 드리겠습니다."

"네! 알았습니다."

"문자가 가면 곧바로 전화해서 시간 약속을 잡으세요."

"네! 알겠습니다. 감사합니다. 정말 감사합니다."

헤드헌팅 업체와의 통화라고 하기엔 너무 허술했지만 곽진호는 전혀 눈치 채지 못하였다.

잠시 후 휴대폰이 부르르 떨었다.

서울시 마포구 구수동 ○◇−△◎□
Y−에너지 C.E.O Heins Kim
010−9101−1109

혹시라도 실수로 문자를 지울 수 있기에 얼른 내용을 메모했다. 그러곤 휴대폰으로 전화를 걸려는데 문자가 또 왔다.

휴대폰 배터리에 관한 공부를 해가시기를 권합니다.

이를 본 곽진호는 주먹을 불끈 쥐었다.

대학을 졸업할 때 논문으로 쓸 정도로 배터리에 관심이 많았기에 왠지 좋은 일이 생길 것 같아서이다.

어쨌거나 곽진호가 건 전화를 받은 도로시는 굵은 남성의 음성으로 통화를 했다.

시간 약속을 하고나니 비로소 뭐 하는 회사인지 궁금했는지 이것저것을 물었다.

곽진호의 휴대폰은 기본요금이 1,200원인 알뜰폰이다.

대신 문자를 주고받거나 통화를 할 때마다 요금이 부과된다. 데이터 역시 쓰는 대로 돈을 낸다.

그렇기에 될 수 있으면 걸려오는 전화만 받는다. 부득이하게 본인이 걸어야 하는 경우엔 되도록 짧게 통화했다.

하지만 이날의 통화는 무려 14분이나 지속되었다.

통화를 끝내고 곧바로 Y-에너지를 검색해 보았다.

데이터 1Mb 당 51.2원씩 내야 하지만 사실 확인이 더 중요했기 때문이다.

그런데 구글로도 Y-에너지는 검색되지 않았다.

하여 구수동 주소를 입력해 보니 Y-엔터라는 회사가 뜬다. 이를 검색해 보니 걸그룹 다이안의 소속사라고 떴다.

이번에 음반을 발매한 중고 신인이라는 기사가 있었다.

같은 주소에 유사한 회사명이 있는지라 안도의 한숨을 내쉬었다. 새로 만드는 회사라는 말이 믿어진 것이다.

어쨌거나 Y-엔터 검색결과엔 '지현에게'와 '첫만남'이란 곡에 대한 것이 잔뜩 올라와 있었다.

집으로 돌아가 인터넷에 연결하여 두 곡을 들어봤다. 처음 듣는 곡이지만 선율도 아름답고, 가사도 좋았다.

게다가 가창력도 아주 괜찮은 것 같다.

괜스레 기분이 좋아졌다. 하여 헤드폰을 벗고 스피커를 켰다. 아내도 들어보라는 뜻이다.

통증 때문인지 이맛살을 찌푸리고 있던 아내 연희의 표정이 퍼지는가 싶더니 스르르 잠이 든다. 아영이도 놀다 지쳤는지 엄마 곁에서 잠들었다.

곽진호는 소리 안 나게 집안 청소와 정리정돈을 했다. 그러곤 따뜻한 우유 한 잔을 들고 창가에 앉았다.

다 마시고 나니 괜스레 졸리다. 하여 스르르 꿈나라로 향했다. 이때에도 지현에게가 계속해서 반복 재생되고 있었다.

*　　　　*　　　　*

"주석! 정말 큰일입니다."

습근평은 걱정 어린 시선으로 창밖을 바라보았다. 여전히 억수 같은 소나기가 쏟아지는 중이다.

2016년 3월 8일 화요일 오전에 지나중앙방송 CCTV의 기상 캐스터는 하루 종일 쾌청할 것이라 하였다.

편서풍의 영향으로 미세먼지 자욱한 대기가 말끔하게 사라지기 때문이라는 예보였다.

그런데 그 말이 끝나기 무섭게 비가 내리기 시작했다. 마치 한여름 장맛비같이 굵은 빗방울이 쏟아져 내린 것이다.

그리고 얼마 지나지 않아 발전소들이 가동을 멈췄다. 하나나 둘이라면 사고나 고장으로 그럴 수 있다.

그런데 거의 모든 발전소들이 멈춰 버렸다.

북경의 밤은 깜깜해졌고, 추웠다. 아울러 배수펌프가 작동되지 않으면서 곳곳에 홍수가 발생되었다.

전기 공급이 되지 않으니 매연을 내뿜던 공장도 일제히 멈춰 버렸다. 황급히 비상발전기를 돌렸지만 복구된 건 극히 일부였다.

정부는 멈춰 버린 발전소를 재가동시키기 위해 온갖 점검을 실시했고, 수많은 부품을 갈아 끼우도록 했다.

그런데 고쳐지지 않는 나날이 이어졌다.

북경의 3월 평균 최저기온은 −0.6℃이고 평균 최고기온은 11.3℃이다. 그리고 평균 강수량은 9㎜에 불과하다.

관광안내를 보면 북경의 3월은 쌀쌀하다고 되어 있다. 또한 일교차가 크니 겉옷을 챙기라고 충고한다.

아울러 열흘 정도 비가 내리지만 강수량이 적어서 여행 중 비 걱정은 하지 않아도 된다고 명기되어 있다.

그런데 하루 종일 비가 내렸다. 시간 당 20㎜ 이상의 강한 비가 계속 내린 것이다.

참고로, 시간당 5㎜는 '약한 비'이다. 장시간 노출돼야 옷이 젖는다.

시간당 10㎜는 '보통 비'에 해당된다. 바닥에 물이 고이고, 비 내리는 소리가 들릴 정도이다.

시간당 20㎜는 '강한 비'이다. 배수되지 않는 곳엔 비 피해 가능성이 있다.

'폭우'는 시간당 30㎜ 이상이다. 밭이나 하수구가 넘치고 홍수와 침수 피해가 빚어질 수 있다.

시간당 50㎜ 이상이면 양동이로 퍼붓는다는 표현을 쓴다.

북경은 내륙에 존재한다. 1년 강수량이 약 500㎜ 정도이고, 봄철 강수량은 불과 50㎜ 정도이다.

그래서 배수시설이 제대로 갖춰져 있지 않다.

그런데 매일 하루에 일 년치씩 비가 쏟아져 내렸다. 시간당 20㎜ 이상이니 24시간이면 500㎜이다.

3월 8일부터 4월 5일까지 내린 비의 총량은 15,000㎜이다. 1년 강수량의 30배쯤 되는 비가 내렸다.

다시 말해 30년 동안 내릴 비가 한 달도 안 되는 사이에 몽땅 쏟아져 내린 것이다.

배수시설이 변변하지 않으니 당연히 홍수가 났다.

그 결과 1층 대부분이 물에 잠겼고, 저지대는 3층 이상도 물에 잠겨 북경은 졸지에 수중도시가 되었다.

모든 지하 시설과 지하철도 당연히 물속에 잠겨 버렸다.

엄청난 양의 토사와 쓰레기 등이 함께 쓸려들어 갔기에 물이 완전히 빠져도 당분간은 이용 불가능이다.

그런데 지하철 아래의 지반이 흠뻑 젖어 붕괴위험이 상존하기에 물과 토사 등을 다 제거해도 사용은 어려울 것이다.

어쨌거나 도시의 건축물들이 기울거나 허물어지기 시작했

다. 지반으로 스며든 물로 인해 토사가 유실되었기 때문이다.

이 와중에 거의 모든 차량이 침수되었다. 2016년 4월 현재 지나의 자동차 보유대수는 2억 대 정도이다.

이중 1억 9,995만 대 이상이 흠뻑 젖었다. 주차타워에 있었더라도 지반침하로 인한 붕괴 때 대부분 파손되었다.

나머지 5만 대 가량은 홍수나 산사태로부터 안전한 고지대에 주차되어 있던 것들뿐이다.

하지만 차량 이용이 쉽지 않을 것이다.

도로와 철도 거의 전부가 끊기고, 떠내려갔으며, 무너져 내렸고, 뭉개졌기 때문이다.

홍수로 인한 산사태도 여기저기에서 일어났다. 가둬둔 물의 압력을 이기지 못해 댐들이 붕괴된 곳도 많다.

세계 최대 인공저수지인 싼샤댐은 이미 위험수위를 넘나들고 있다. 이게 붕괴되면 하류 지역은 그야말로 궤멸 상태가 되어버릴 것이다.

우려 섞인 눈빛으로 수위를 지켜보고 있지만 방법이 없다. 이미 수문을 최대한으로 개방해놓은 상태인 때문이다.

지나의 수뇌부들은 연일 구수회의를 거듭하지만 인간이 어찌 자연을 이기겠는가!

게다가 발전소가 멈춰서 동력을 얻을 수가 없다. 그렇기에 손 놓고 구경하는 수밖에 없다.

"이번 비의 원인은 뭐라 하지?"

"기상이변이라 합니다. 누천년 역사 속에서도 이렇게 많은 비가 내린 기록이 없습니다."

과거의 역사서들까지 몽땅 뒤져본 모양이다.

"흐으음! 인민들은……?"

"홍수 때문에 꼼짝도 못하는 상황입니다. 한시바삐 이번 사태를 해결해주길 바라고 있을 겁니다."

"끄응! 식량은……?"

"해외의 동포들이 십시일반으로 보내주고는 있으나 워낙 인민들의 숫자가 많아서…"

정부양곡 보관창고도 물에 잠겨 버렸다. 최대한 끄집어냈지만 어찌 필요량을 충당할 수 있겠는가!

"비는 언제쯤 그친다 하나?"

"황해에서 계속 구름이 피어올라 동풍을 타고 오는 상황이라고 합니다. 그래서 언제 그칠지 가늠할 수 없다고 합니다."

비서의 보고대로 남동쪽에서 불어온 따뜻한 바람이 황해에서 피어오른 수증기를 대륙 쪽으로 밀어붙이는 중이다.

지구 자전으로 인한 편서풍은 동풍의 상공을 타고 두 갈래로 갈라져 한반도 남쪽과 북쪽으로 불고 있다.

수증기를 잔뜩 머금은 따뜻한 바람의 위쪽으로 찬바람이 부니 포화수증기량이 격감하면서 비가 내리는 것이다.

덕분에 한반도는 봄철 황사와 미세먼지로 인한 피해가 거의 없어 연일 쾌청한 날씨이다.

"물가는 어떤가?"

"식량가격이 급등했습니다. 현재 예전의 10배 정도인데 계속 오르고 있습니다."

"끄으응!"

"문제는 곳곳에서 벌어지는 사재기와 약탈 및 절도입니다."

남의 어려움을 틈 타 절도와 강도가 기승부리는 걸 보면 확실히 지나가 맞다.

"이런 상황에 사재기와 약탈, 그리고 절도……?"

"네! 살인도 서슴지 않아 매우 심각한 지경입니다."

"공안은 뭘 하나?"

"홍수가 나서 출동이 여의치 않아……."

비서는 괜스레 송구스럽다는 표정이다.

"높은 곳에 저격수를 배치하여 절도와 약탈하는 자들이 보이는 족족 사살하라 전하게!"

"네, 주석!"

이 지시 하나로 10만 명 이상이 목숨을 잃게 된다. 그만큼 이기적이고 약삭빠른 놈들이 많았다는 뜻이다.

*   *   *

"국제 곡물시장은 어떻지?"

"우리를 예의 주시하고 있는데 조금씩 가격을 올리는 중입니다."

"돈이 얼마가 들던 최대한 확보해보게."

"네! 알았습니다."

비서가 나가자 습근평은 그치지 않는 비를 원망 섞인 시선으로 바라본다.

연초만 해도 GDP 성장률을 6.5% 이상으로 전망했다. 예년에 비해 줄어들긴 했지만 여전히 눈부신 성장세였다.

그런데 지금은 마이너스 몇%로 주저앉을 것인가를 걱정해야 하는 상황이 되어버렸다.

하늘 높을 줄 모르고 치솟던 부동산 가격은 급전직하해 버렸다. 산사태와 붕괴 등으로 완전 폐허가 되었기 때문이다.

발전소가 멈추고, 홍수가 나면서 제조업 역시 완전히 멈춘 상태이다. 그 결과 증시마저 폭락했다.

거의 모든 공장이 물속에 잠겼고, 원자재들은 못쓰게 되었으니 피해 복구비용이 어마어마할 것이다.

보유 외환 3조 3,500억 달러는 대부분 식량수입에 사용되어야 할 듯싶다. 워낙 인구가 많으니 어쩔 수 없다.

어쩌면 외환위기까지 닥칠 우려가 있다.

홍수와 산사태, 붕괴 등으로 익사 및 사고사를 당한 인원은 집계조차 되지 않는다.

통신 선로마저 끊긴 곳이 너무나 많았기 때문이다.

지나는 23개 성(省)과 5개 자치구, 그리고 4개 직할시로 이루어져 있다.

이 중 23개 성과 4개 직할시는 그야말로 아작이 났다. 21세기에서 졸지에 18세기로 후퇴했다고 보면 된다.

반면 광서장족 자치구, 내몽골 자치구, 신장위그르 자치구, 티벳 자치구, 영하회족 자치구는 큰 피해가 없다.

지나의 주석 습근평의 이마엔 짙은 주름이 잡혀 있다.

한 번도 경험해보지 못했고, 어느 누구도 예상치 못했던 대자연의 습격이기에 속수무책인 때문이다.

늘 주변국을 업신여기고, 어떻게 하면 집어삼킬까를 생각하던 한족(漢族)이 큰 위기에 처한 것이다.

지나의 지도부가 모르는 사실 몇 가지가 더 있다.

첫째는 잠수함 두 척과의 통신이 두절된 것이다.

하나는 분쟁 지역인 조어도 인근을 정찰 중인 일본 순시선 가까이로 다가가는 중이다.

다른 하나는 남지나해에 머물고 있는 미국의 7함대의 기함인 블루 릿지 호를 향해 항진 중이다.

승조원들은 모항으로 귀항하는 것으로 알고 있다. 모든 계기를 도로시가 통제하고 있는 때문이다.

두 번째는 거의 모든 미사일 부대 역시 누군가의 통제 하에 놓여 있다는 것이다. 유사시 발사버튼을 누르면 자신이 자신을 공격하는 엄청나게 큰 고통을 겪게 될 것이다.

세 번째는 조만간 한반도 상공을 지나는 인공위성들이 사라지게 될 것이라는 것이다.

현수의 명령만 떨어지면 이를 없애기 위해 중궤도 위성들이 자세제어 작업 중이다.

레일건이 발사되면 하나도 남지 못할 것이다.

네 번째는.조세 회피처 등에 은닉해 둔 검은 돈들이 일시에 사라졌다는 것이다. 공산당 고위간부와 기업인, 언론인, 법조인 등의 곳간이 텅텅 비어버렸다.

삼합회와 흑사회 등 범죄 단체의 돈도 모조리 사라졌다.

*　　　　*　　　　*

"반갑습니다. Y—에너지 대표 하인스 킴입니다."

"아! 네에. 저, 저는 곽진호라 합니다."

현수가 건네는 명함을 받는 곽진호는 순간 이게 뭔가 하는 생각을 했다.

'Y—에너지' 라 쓰인 간판을 보고 들어섰는데 사무실 크기가 8평 정도 된다. 책상 하나와 소파 1조가 전부이다.

책장도 있기는 한데 한 권도 꽂혀 있지 않고, 책상 위엔 아무것도 없다. 명패는 물론이고, 의당 있어야 할 전화기조차 없는 그야말로 먼지 한 톨 없는 사무실이다.

슬쩍 둘러보니 두 개의 문이 보인다. 하나는 화장실인 것 같고, 다른 하나는 창고의 출입구인 듯하다. 살다 살다 이렇

듯 무미건조한 사무실은 처음이다.

헤드헌터까지 고용할 정도면 규모가 있을 것이라 생각했는데 이건 구멍가게보다도 못한 것 같다.

'설마… 내가 당하는 건가?'

대학 다닐 때 일확천금을 꿈꾸고 피라미드 업체로 갔던 친구들이 있다.

일단 얼마 어치를 사고 난 뒤, 지인 몇 명에게 같은 금액만큼 물건을 사게 하면 그중 몇 %를 준다면서 자신을 끌어들이려 했다.

문득 그때 그들이 떠올랐다. 하여 살짝 당황하는 표정을 지었다.

지난 이틀 동안 오늘이 오기를 손꼽아 기다렸다.

취업이 확정되면 거처를 마련해준다는 헤드헌터의 말이 있었던 때문이다. 그런데 괜한 시간 낭비, 돈 낭비, 심력 낭비만한 것 아닌가 싶다.

"일단 자리에 앉으세요."

"네? 아, 네에."

곽진호가 소파에 앉자 현수가 먼저 입을 연다.

"헤드헌팅 업체에 유능한 분을 소개해달라고 해서 오셨네요. 이력서 좀 볼까요?"

"네, 여기……!"

품속의 이력서를 꺼내서 건넸다.

오탈자는 없는지, 보기엔 좋은지 고심해서 프린트해 온 것이다. 그런데 괜한 낭비를 한 기분이 들었다.

경희대학교 전기공학과를 졸업한 후 한전에서 근무한 경력 뿐이기에 몇 줄 되지 않는데도 드는 기분이다.

현수는 곽진호의 이력을 쓱 훑어보곤 시선을 주었다.

배우를 할 정도로 잘생긴 것은 아니지만 누가 봐도 선량해 보이는 외모이다.

"저희 회사에 대해 아는 게 있으신지요?"

"소개해 주신 분이 배터리에 대해 공부하라고 하시더군요."

"이런! 기업 비밀을 유출한 거네요."

현수가 짐짓 익살스러운 표정을 짓자 곽진호 역시 웃는다.

"Y—에너지는 두 가지 사업에 집중할 겁니다. 하나는 태양광발전이고, 다른 하나는 배터리 사업입니다."

"네에."

곽진호가 고개를 끄덕일 때 현수의 말이 이어진다.

"헤드헌터가 곽진호씨 졸업논문을 언급하더군요."

"네? 제 졸업논문요?"

곽진호는 허를 찔린 표정을 짓는다. 설마 그런 것까지 조사하는 건가 싶었던 것이다.

"휴대폰 배터리 성능개선에 대한 논문을 쓰셨던데 그에 대한 이야길 듣고 싶습니다. 가능한가요?"

"그, 그럼요! 제가 생각한 개선 방법은 ……."

곽진호는 기존 리튬이온전지보다 충전용량을 크게 향상시키면서 충전 속도 또한 빠르게 만들 수 있는 배터리 소재로 그래핀 볼을 적용하자는 의견이었다.

그래핀(Graphene)은 흑연(Graphite)의 탄소원자로 만들어진 원자 크기의 벌집형태 구조를 가진 소재이다.

상온에서 구리보다 100배 많은 전류를, 실리콘보다 100배 빨리 전달할 수 있다.

뿐만 아니라 열전도성은 다이아몬드보다 2배 이상 높다.

기계적 강도도 강철보다 200배 이상 강하지만 신축성이 좋아 늘리거나 접어도 전기 전도성을 잃지 않는 특성을 가진 신물질이다.

곽진호는 이러한 그래핀 볼을 리튬이온전지의 양극 보호막과 음극 소재로 활용하면 충전 용량이 늘어나고, 충전 시간을 단축하는 것은 물론 고온 안전성까지 모두 만족시키는 결과가 나올 것이라는 취지의 논문을 썼다.

도로시의 평가에 의하면 이 논문은 학사 수준을 뛰어넘었고, 충분히 가능하다는 의견이다.

그러면서 삼성전자와 서울대학교 화공생물공학부가 산학협력사업으로 비밀리에 연구하고 있다고 하였다.

현재의 연구 진척을 감안해 보면 1년 3개월 쯤 후에 구체적인 성과가 나올 것이라는 예상을 하였다.

곽진호가 작성한 논문에서 한 단계만 더 나아가면 현재의 기술로도 충전 용량은 50% 정도 늘리고, 충전 속도는 5배 쯤 빠르게 하는 배터리를 만들 수 있다는 것이다.

"잘 들었습니다. 역시 헤드헌터에게 의뢰하길 잘했다는 생각이 드는군요."

"그렇습니까?"

조용히 자신의 의견을 경청하면서 틈틈이 메모까지 한 현수를 바라보는 곽진호에게선 열정이 느껴졌다.

"그런데 말입니다. 그래핀 볼을……."

현수의 말이 시작되자 곽진호의 눈이 커진다.

자신의 논문의 맹점을 정확히 지적하는 것은 물론이고, 그에 대한 해결책까지 제시하니 어찌 안 그러겠는가!

"이렇게 하면 자유자재로 휘어지는 것은 물론이고, 충전 속도는 100%쯤, 충전 용량은 10배쯤 늘어날 것 같은 데 곽진호 씨의 의견은 어떤가요?"

"그, 그건……."

곽진호는 벌린 입을 다물 수 없었다.

실험실이 아니라 구체적인 수치를 제시할 순 없지만 충분히 가능하다 느낀 때문이다.

"나는 곽진호 씨가 Y−에너지 배터리사업부에서 일해주길 원합니다. 의향이 있으신지요? 직책은……."

"……!"

현실적인 문제에 대한 말이 나오자 이내 정신을 차린 듯 정색하는 표정을 짓는다.

"과장쯤이면 어떻겠습니까?"

"과, 과장요?"

"네! 과장 연봉은 7,200만 원에서 시작됩니다."

현수는 실수령액으로 월 600만 원을 말한 거지만 곽진호는 세전 금액으로 받아들였다. 그래도 지금껏 받던 것보다 많기에 얼른 고개를 끄덕였다.

"네, 좋습니다."

"저희 직원이 되면 모든 의료비를 제공받습니다. 일종의 실비보험이라 생각하면 됩니다. 본인과 직계가족, 그리고 친부모와 처가부모가 대상입니다."

곽진호는 임신중독증으로 고생하는 아내와 손가락 마디 마디가 퉁퉁 부어오른 장모님을 떠올렸다.

건강보험이 적용되지만 은근히 부담스러웠다. 그런데 회사에서 모든 비용을 지원해 준다니 고맙기만 하다.

"아울러 유아원부터 대학원 졸업까지 교육비도 제공됩니다. 이것 역시 대상은 같습니다."

동해시에 사는 동안에도 아영이에게 드는 비용이 만만치 않았다. 서울로 오면 얼마나 늘어날까 고민되었는데 참으로 다행한 일이다. 하여 감사의 뜻으로 고개를 끄덕였다.

그런데 끝이 아닌 모양이다.

"그리고 곽진호 씨에겐 주거가 제공됩니다."

"주거요?"

교육비, 의료비와 달리 목돈이 들고 한번 들어가면 좀처럼 회수되지 않는 비용이다.

"네! 마포구 하중동의 아파트가 제공될 겁니다."

"⋯⋯!"

서울의 아파트 값이 얼마나 비싼지 알기에 멍한 표정이다. 그러거나 말거나 현수의 말은 이어졌다.

"전용면적은 51.2평쯤 되고, 방 4개 욕실 2개인 구조입니다. 25층 중 23층이라 한강이 잘 조망 됩니다."

"어, 얼마요?"

곽진호는 심하게 놀란 표정이다.

"네? 아파트 가격을 말씀하시는 건가요?"

"아, 아뇨! 면적 말입니다."

"전용면적 51.2평, 분양면적 60평입니다."

"끄으응!"

곽진호는 낮은 침음을 낸다.

『전능의 팔찌』 2부 4권에 계속…